spielberg

Volkmar Steininger

Mordshexe

Flucht nach Bodenmais

spielberg

1. Auflage 2013

Umschlaggestaltung: Spielberg Verlag
Umschlagfoto: ©Vidady - Fotolia.com
Druck und Bindung: Inprint GmbH, Erlangen

Printed in Germany

ISBN: 978-3-940609-90-8

www.spielberg-verlag.de

Volkmar Steininger geboren 1970 im niederbayerischen Triftern, ist gelernter Redakteur für Funk und Fernsehen. Seit mehr als einem Jahrzehnt ist er unter anderem als Autor für die Sendung »Verstehen Sie Spaß« und als Produzent für verschiedene Fernsehanstalten tätig.
Mit dem historischen Roman »Die Bayerische Elsässerin« gab er 2010 sein Debut als Romanautor.
Weitere bisher veröffentliche Bücher sind »Mordshexe« (2011) und »Sharkon-Kampf um Mars« (2012).
»Mordshexe – Flucht nach Bodenmais« ist der zweite Krimi der Reihe »Mordshexe«.

1. Kapitel

Die feuchte Erde auf den Feldern glänzte. Die grauen, teils aufgebrochenen Straßen waren überzogen von weißen Fäden: Spuren des im Winter eingesetzten Streusalzes. Der Februar hatte in diesem Jahr tiefe Minustemperaturen gebracht. Es hatte beinah ausgesehen, als wollte er die Regentschaft des Winters nicht aus den Händen geben und dies mit extremer Kälte untermauern. Doch nun arbeiteten die Sonnenstrahlen des neuen Monats daran, dem Frühling freie Bahn zu verschaffen. Der harte, gefrorene Boden war von der Sonne mittlerweile aufgeweicht. Nur noch vereinzelt verbargen sich Eisreste in den schattigen Ecken, als würden sie hoffen, in ihrem Versteck nicht entdeckt zu werden. Doch die kalte Jahreszeit musste weichen.

Dieser Morgen schien der erste richtig warme Tag des Jahres zu werden, an dem man von Frühling träumen durfte. Deshalb zog es Angelina Weber, eine bekannte Kräuterhexe aus dem Rottal, und ihre junge Freundin Yvonne schon früh am Morgen hinaus. Als die Sonne noch am Aufgehen war, begannen die beiden ihren Spaziergang. In Gummistiefeln stapften sie in den Wald bei Triftern hinein, um gemeinsam zur Kaser Steinstube zu wandern. Selbst der Winter hielt die Kräuterhexe nicht davon ab, gelegentlich ihren mystischen Kraftort in Voglarn aufzusuchen. Die achtzehnjährige Yvonne war die feste Freundin von Angelinas Sohn Sebastian. Der war kein Frühaufsteher wie seine Mutter und hatte es vorgezogen, lieber zuhause im Bett zu bleiben.

Angelina schritt zügig voraus zu den Steinansammlungen und Yvonne ihr hinterher. Wenn der Weg für beide breit genug war, schloss die Jüngere auf. Unter den Schritten der beiden Frauen knirschte und knackte es. Tote Zweige und Äste lagen verstreut auf dem Boden, ganz so wie die Natur es gerichtet hatte. Der Winter mit seinen starken Stürmen hatte seine Spuren hinterlassen und das tote Geäst, das die Bäume im Herbst von sich gestoßen hatten, wild durcheinandergewirbelt. Mit den ersten warmen Frühlingsstrahlen drängten nun die neuen Triebe voller Ungeduld heraus und boten zusammen mit dem unverwüstlichen grünen Moos ein schönes Bild neu auflebender Natur.

Angelina atmete tief die frische Waldluft ein, lehnte den Kopf nach hinten, streckte die Arme weit aus und forderte ihre Begleiterin auf, es ihr gleich zu tun.

Yvonne folgte Angelinas Beispiel, blieb dabei aber mit ihrem Anorak an einem dürren Ast hängen und riss sich die ganze Seite der Jacke auf.

»Stets die Augen offenhalten. Gefahren lauern überall!«, kommentierte Angelina das Missgeschick ihrer Freundin mit einem Augenzwinkern.

»Ach, nee!« Yvonne rollte genervt mit den Augen, wie sie es oft tat, wenn sie sich aufregte.

»Das näh' ich dir wieder zusammen«, tröstete Angelina, aber Yvonnes Miene blieb finster. Der Anorak war ihre Lieblingsjacke.

Angelina beschloss, ihre Freundin abzulenken. »Ich soll wieder zur Schule gehen«, scherzte sie.

»Wie das denn?«, staunte Yvonne sogleich und Angelina musste grinsen.

Es waren zwei Dinge, die sie an diesem Morgen beschäftigten und über die sie nachdenken musste. Das eine war die Einladung zu einem Klassentreffen am nächsten Samstag nach Pfarrkirchen ins dortige Gymnasium und das andere, viel bedeutendere, war der Heiratsantrag von Max den Tag zuvor. Der Antrag des Försters Max Steiner war für Angelina völlig überraschend gekommen. Darum hatte sie erst einmal um Bedenkzeit gebeten.

Lieber erzählte Angelina Yvonne nun von dem Klassentreffen, an dem sie nicht vorhatte teilzunehmen.

»Hältst du eine Lesung aus einem deiner Kräuterbücher? Oder bist du unter die Lehrer gegangen?«, begehrte Yvonne zu wissen. Und nachdem sie als Abiturientin gerade sehr im Lernstress war, scherzte sie noch: »Letzteres würd' dich unsympathisch machen. Da wär' ich glatt enttäuscht von dir, Angelina.«

»Nein, keine Sorge«, Angelina lächelte. »Ich würd' mich eher wieder wie ein Schüler fühlen, wenn ich am Wochenende die Schulbank drücken würde, um all die Gesichter von früher wieder zu sehen …«

»Ach, ein Klassentreffen also!«

»Konditionalsatz, Yvonne! Ich sagte ›wenn‹! Irgendwie hab' ich nämlich gar keine Lust darauf.«

»Du und keine Lust, das gibt's nicht!«, plapperte Yvonne unbeirrt weiter. »Das ist doch cool, da musst du hin! Wenn ich mir vorstelle, wie meine Klassenkameraden in dreißig Jahren aussehen …«, einen kleinen Moment schwieg sie nachdenklich, dann schüttelte sie den Kopf. »Nein, irgendwie kann ich mir das gar nicht vorstellen!«

Angelina rümpfte die Nase. Wenn Yvonne von dreißig Jahren sprach, war das alles andere als ein Kompliment für sie. Sie war schließlich erst vierzig.

»Jetzt aber, Yvonne! Sehe ich schon so alt aus?«

Da schüttelte Yvonne vehement den Kopf. Angelina war ihr Vorbild. Keinesfalls hatte sie sie kränken wollen.

»Nein, natürlich nicht! Ich meinte nur, was die dann alle erlebt haben, so in dreißig …«

Das Mädchen hatte seinen Fauxpas immer noch nicht bemerkt.

»Zwanzig Jahre, liebe Yvonne«, unterbrach Angelina sie, »ich bin erst vierzig.«

»Egal …«, winkte Yvonne ab und plapperte weiter drauf los. »Da erfährt man dann aus wem ein Loser wurde und wer es richtig gemacht hat, wer das Leben am Schopf gepackt und es zu etwas gebracht hat – so wie du halt!«, schmeichelte sie am Ende, um ihren Ausrutscher wieder gut zu machen.

Angelina freute sich zwar über das Kompliment, aber der Gedanke, auf das Klassentreffen gehen zu sollen, nervte sie immer noch.

»Und dann geht es darum, wer die meisten Kinder hat, wer geschieden ist und wer den reichsten und liebevollsten Ehemann abgekriegt hat. Damit kann und will ich nicht konkurrieren!«

»Aber nein«, warf Yvonne ein, »so darfst du das nicht sehen, Angelina! Das wird bestimmt ein Spaß!«

Angelina schüttelte nur den Kopf. Die kleine Yvonne, die noch nicht einmal ihr Abitur geschafft hatte und die noch den ganzen Ernst des Lebens vor sich hatte, wollte ihr erzählen, wie ein Klassentreffen aussieht! Aber das Mädchen war nicht zu bremsen.

»Mensch, du hast es ja doch auch zu etwas gebracht. Hast einen Prachtsohn, einen Förster…«

Damit traf Yvonne genau das Thema, das Angelina vermeiden wollte. Sie mochte Yvonne und hielt viel von ihr, aber was den Heiratsantrag von Max anbelangte, wollte Angelina von ihr keine Ratschläge. Dafür fehlte Yvonne einfach die Erfahrung.

Die aber schwärmte noch weiter: »Du hast einen Förster, der dich liebt, bist eine erfolgreiche Autorin und sogar Kräuterhexe.«

Dann versuchte die aufgedrehte Yvonne mit ihrer hellen Sopranstimme einen tiefen Tonfall anzuschlagen und dröhnte: »Ja, und im letzten Jahr hast du sogar einen Mord aufgeklärt. Du bist also eine Mordshexe.«

»*Einen* Mord?«, fragte Angelina mit einem Augenzwinkern.

»Mehrere …«, ergänzte Yvonne eifrig. »Du standst ja schließlich auch als ›Mordshexe‹ betitelt in der Zeitung, im Wochenblatt und in der PNP.«

Angelinas Blick fiel auf Yvonnes Anorak. Er war nun von oben bis unten zerrissen. Sie musste beim Gehen nochmals hängengeblieben sein. »Bei einem Anorak verhält es sich anders als bei einer Tasse«, dachte Angelina. »Weist eine Tasse einen Sprung auf, hält sie für ein ganzes Leben, heißt es immer. Hat ein Anorak erst mal ein Loch, ist das der Anfang vom Ende. Man kann sich beinah sicher sein, dass man nochmal daran hängenbleibt und er dann ganz kaputt ist. Was für Anoraks und andere Kleidungsstücke gilt, ist auch im Leben und in ganzen Lebensläufen so«, grübelte Angelina für sich weiter und spann darüber den Bogen zu dem Klassentreffen. Dort ist es dann ähnlich: fragt eine Schulfreundin nach, wie es einem nach der Schule so ergangen ist, dann hakt sie bei jeder Schwachstelle nach und macht solange weiter, bis sie den ganzen Lebenslauf der Kameradin zerlegt und lächerlich gemacht hat. Dabei ist es einerlei, ob dic Schulkameradin mal eine gute Freundin war oder eher das Gegenteil. Nach so vielen Jahren sind alle gleich und gieren nur darauf, die anderen vorzuführen, dessen war sich Angelina gewiss.

Yvonne verstand das nicht und konnte auch nicht wissen, ob Angelina vielleicht sogar noch einen anderen Grund hatte, nicht auf das Klassentreffen zu wollen.

»Scheiße!«, fluchte sie leise, als sie merkte, dass ihr Anorak jetzt ganz hinüber war. Sie sah aus wie ein aufgebrochenes Wild.

»Vergiss den Anorak!«, murmelte Angelina noch ganz in Gedanken. »Ich gehöre einfach nicht dorthin.«

»Wohin?«, fragte Yvonne, die gerade nur Augen für ihre Jacke hatte und Angelinas Gedanken nicht folgen konnte. Vergeblich versuchte sie, den gerissenen Stoff wie ein unlösbares Puzzle zusammenzuschieben.

»Schau lieber, wo du hintrittst, sonst fällst du mir noch hin!«, mahnte Angelina.

Yvonne, die beinah tatsächlich gestolpert wäre, hörte endlich auf, an ihrem Anorak herumzuzerren und besann sich wieder auf ihr Gespräch mit Angelina.

»Wohin gehörst du nicht?«, wiederholte sie ihre Frage.

»Auf das Klassentreffen«, gab Angelina zurück. »Ich bin eine unabhängige Frau und nur wenige würden das verstehen!«

Inzwischen waren die beiden Freundinnen am Gesteinskonglomerat angekommen und standen vor der Steinstube.

Yvonne war im Gegensatz zu Angelina schon lange nicht mehr an diesem Ort gewesen.

Für die Hexe hatte er eine große Bedeutung, er war ihr Kraftort. Yvonne blickte gebannt abwechselnd auf Angelina, die zufrieden lächelte, und auf die Steinstube. Die Sonne schien gerade nicht auf Angelinas ganz besonderen Platz in der Mitte der Steinansammlung, doch das kümmerte sie nicht.

Angelina legte freundschaftlich ihre Hand auf Yvonnes Schulter, sah ihr in die Augen und strich ihr mit ihrem Finger kurz über die Wange. Die Hexe war bereit, ihr Geheimnis mit Yvonne zu teilen.

»Schau zu!«, forderte sie das Mädchen auf.

Vor ihnen lag das lange Quarzkonglomerat, überzogen von hartnäckigem Moos, das den Steinen einen weicheren Charakter verlieh. Gespannt beobachtete Yvonne, wie Angelina sich von ihr entfernte, über all die großen Steine hinwegstieg bis zu dem Platz in der Mitte. Der Stein dort war nicht der Größte, doch die Hexe verspürte auf ihm die größte Energie.

Angekommen auf ihrer Energiequelle, schlug Angelinas Herz sogleich höher.

Mit einmal kam Wind auf. Die Bäume um die Gesteinsansammlung herum begannen sich geradezu rhythmisch zu bewegen. Der Wind wurde heftiger. Yvonne staunte. Der Wetterbericht hatte keinen Sturm angekündigt. Mit ihrem Handy checkte sie kurz die aktuelle Vorhersage, aber das Internet zeigte immer noch schönes Wetter ohne Bewölkung. Yvonne schauderte. Der Wind wurde immer stärker, wehte ihr sogar die Kapuze vom Kopf, peitschte Angelinas rote Haare wie in einer Wagner-Oper und entwickelte sich zu einem richtigen Sturm. Angelina konnte sich gerade noch auf ihrem Stein halten. Im nächsten Moment bot sich Yvonne ein bizarres Schauspiel. Wie aus dem Nichts heraus stürzte plötzlich ein schwarzer Vogel hervor und landete mit einem unheimlichen Schrei direkt auf Angelinas Kopf.

»Angelina, ein Totenvogel!«, entfuhr es Yvonne voller Entsetzen. Angelina aber stand in völliger Konzentration auf dem Stein, und plötzlich endete mit einem Schlag das Windspektakel. Der Vogel aber verschwand nicht. Angelina hatte die Augen fest geschlossen. Sie wirkte wie in Trance.

Der Totenvogel war ein Kauz. Yvonne kannte den Aberglauben, der besagt, dass jemand im Haus stirbt, wenn sich ein solcher Vogel auf das Dach setzt und schreit. Nun saß der Kauz ausgerechnet auf dem Kopf der Hexe und schrie tatsächlich lauthals auf.

Augenblicklich hatte Angelina eine sehr kurze, aber umso deutlichere Vision.

Einen kurzen Moment hatte sie ganz klar das Bild einer Menschenansammlung vor Augen. Die Leute um sie herum schrien. Es waren ehemalige Schulkollegen von ihr. Direkt vor Angelina auf dem Boden war eine Blutlache. Sie befand sich in einer Aula. Es war die Aula ihres ehemaligen Gymnasiums, die sich nur leicht verändert hatte. Um sie herum kreischten und weinten die Menschen. Angelina versuchte, sich durch den großen Raum mit den vielen Leuten, die ihr alle vertraut schienen, zu drängen, um zu sehen, was genau geschehen war. Es wurde immer enger um sie herum, sie wurde förmlich eingeschlossen, sodass sie keine Gesichter mehr erkennen konnte. Es war ein unangenehmes und erdrückendes Gefühl. Drei oder vier Personen glaubte sie wiederzuerkennen. Der Schauplatz war eindeutig ihr Klassentreffen, das wurde Angelina immer klarer. Aber es gelang ihr in ihrer Vision nicht, zum zentralen Ort des Geschehens durchzudringen, egal wie sehr sie sich anstrengte. Viel zu schnell verdunkelte sich das Bild wieder und ihre Vision war zu Ende.

Es war die intensivste Vision gewesen, die Angelina bisher erlebt hatte. Auch Yvonne, die Angelina dabei nicht aus den Augen gelassen hatte, würde dieses Ereignis lebenslang in Erinnerung bleiben.

Geschwächt sackte Angelina auf dem Stein zusammen. Die schrecklichen Bilder hallten in ihr nach und eine seltsame Beklemmung hatte sich in ihrer Brust ausgebreitet. Sie fühlte Tod und Schmerz, als ob sie selbst das Leben ausgehaucht hätte.

Stein für Stein kletterte Yvonne auf sie zu. Sie tat sich zunächst schwer, den richtigen Weg durch die Steine zu finden, dann aber fanden ihre Füße immer schneller sicheren Halt und schon hatte sie ihre mütterliche Freundin erreicht.

Angelina stand regelrecht unter Schock. Sie erhob sich wieder und riss die Augen weit auf. Als Yvonne vor ihr stand, senkte sie ihren Blick, schien aber immer noch geistesabwesend.

Was hatte sie da nur gesehen? Sie hatte die Kälte des Todes gefühlt und verzweifelte Menschen schreien und weinen gehört. Was war der Grund? Würde es auf dem Klassentreffen ein Unglück geben oder gar einen Mord? Wer war es, der sterben müsste?

Angelina konnte nicht einmal ausschließen, dass es nicht etwa sie selbst war, die an diesem Ort den Tod finden würde. Vielleicht war es ihre Seele gewesen, die nach ihrem Tod alles von außen betrachtete, wie es in zahlreichen Nahtoderlebnissen geschildert wird. Sie hatte sich mit diesem Thema schon des Öfteren befasst und war sehr beeindruckt von den Büchern der bekannten Autorin und Sterbeforscherin Dr. Elisabeth Kübler-Ross.

War Angelina etwa dem Tod geweiht? Hatte nicht der Totenvogel auf ihr gesessen? Der unheimliche Kauz hatte erst von ihr abgelassen, als Yvonne fast bei Angelina angekommen war.

Yvonne stützte nun ihre Freundin. »Wie geht es dir?«, fragte sie besorgt. »Hast du den Totenvogel gesehen?«

Angelina kam langsam wieder zu sich und machte gute Miene zum bösen Spiel. Was sie da erlebt hatte, musste sie erst selbst verarbeiten. Es machte keinen Sinn, jetzt auch noch ihre Freundin damit zu belasten. Angelina hatte schon einmal eine Freundin verloren. Susanne war ihre Seelenverwandte gewesen und war ungewollt Opfer eines Verbrechens geworden. Der Mörder hatte sie mit Angelina verwechselt und Susanne hatte an ihrer Stelle sterben müssen.

Die Vision würde eintreten, daran hatte Angelina keinen Zweifel. An Totenvögel aber glaubte sie nicht, die waren für die Hexe nichts als Aberglaube. Ihrer Meinung nach missbraucht Gott keine Tiere dazu, den Tod anzukündigen. Aus ihrer Erfahrung kannte sie dafür andere Zeichen und unerklärliche Phänomene, wie surreale, schattenähnliche Gebilde, die Verwandten oder nahen Bekannten eines zum Tod bestimmten Menschen erscheinen. Einige Leute, die sie gekannt hatte, hatten auf dem Totenbett von weißen Leuten um sich herum gesprochen. Oder wenn es, wie man im Rottal sagt »reigierte«. Da fielen in dem Moment, in dem eine nahe Person das Leben aushauchte, Bilder grundlos von der Wand, blieben Uhren stehen oder es krachte laut in einer Zimmerecke.

»Das war bestimmt kein Totenvogel!«, zwinkerte sie Yvonne zu und staunte dann aber nicht schlecht. Ohne Umschweife warf Yvonne ihr an den Kopf: »Gell, du hattest eine Todesvision und hast an das Klassentreffen gedacht!«

Für Angelina war längst klar, dass Yvonne einmal in ihre Fußstapfen treten sollte. Sie war sich sicher, sie würde eine gute Kräuterhexe werden. Angelina hatte Yvonnes Talent erkannt. Die junge Frau war sensibel und hatte vielleicht sogar das Dritte Auge – auch wenn sie noch an Totenvögel glaubte. Aber jeder Diamant muss zuerst geschliffen werden, bevor er das Licht brechen kann.

Dennoch erhielt Yvonne an diesem Tag nur eine knappe Antwort. »Ja. Ich war auf meinem Klassentreffen«, sagte Angelina ausweichend.

Yvonne musste sich damit zunächst zufrieden geben.

Was Angelina jetzt brauchte, war eine Tasse heißer Tee. Ein Grüntee würde sie wieder beleben und kräftigen.

So verließen die beiden Frauen die Kaser Steinstube und Yvonne fuhr Angelina mit dem Auto zurück nach Hause.

2. Kapitel

Seit im letzten Jahr ihr Holzhaus in die Luft geflogen war, war Angelina im Försterhaus daheim. Sie lebte gerne mit dem Förster Max Steiner zusammen.

Beide hatten viele Gemeinsamkeiten, wie ihre Liebe zum Wald. Sie mochten die gleichen Bücher oder Filme, wobei Angelina die Buchversion vorzog, während Max lieber die Verfilmung dazu ansah. Angelina hatte ihn dazu gebracht, mehr mit dem Rad zu fahren als mit dem Jeep. Das tat ihm gut und er hatte dadurch ein bisschen abgenommen. Ansonsten machte Angelina nicht wie viele Frauen den Versuch, ihren Freund zu verbiegen, damit er ihrem Männeridealbild entsprechen sollte. Sie mochte Max, aber jetzt stand sein Heiratsantrag im Raum.

Max liebte seine Hexe und verehrte sie. Aber er machte einen Fehler. Mit seiner Liebe raubte er seiner Angebeteten die Luft zum Atmen. Angelina brauchte aber Luft zum Atmen.

Und Max war auch sehr eifersüchtig, wie Angelina mehrmals feststellen musste.

So fühlte sie sich immer mehr von ihm eingeengt und fragte sich, wie es erst wäre, wenn sie auch noch Mann und Frau wären? So steckte Max' Heiratsantrag wie ein Kloß in ihrem Hals und belastete sie mehr, als dass sie sich darüber freuen konnte. Sie brauchte etwas Abstand zu Max und seinen ehrenwerten Absichten.

Nach der Aufregung im Wald – und auch wegen Max –

brauchte Angelina einen schmackhaften Grüntee, erfrischend und zugleich gesund. Sie nahm meist den zweiten Aufguss, der für einen besseren Geschmack sorgt, hatte es aber auch schon mit einem dritten oder vierten Aufguss probiert. Zahnprobleme wie Parodontose oder Karies kannte sie dank dem Grünen Tee nicht. Sie kannte auch seine Wirkung, das Risiko von Herz-Kreislauf-Erkrankungen zu senken, und wusste, dass er Tumore schrumpfen konnte, wie bei Tanja Schubert, die ihn begleitend zu ihrer Krebstherapie trank und ihre Heilung dem Tee zuschrieb, den Angelina ihr persönlich zubereitete.

An diesem Sonntag kochte Angelina den Tee für sich selbst, um wieder einen klaren Kopf zu bekommen. Normalerweise waren die Sonntage für sie immer Tage, an denen sie Zeit und Muße hatte, sich zu besinnen. Sie wusste, dass Grüntee die Verdauung fördert, die Nieren schützt und die Leber entgiftet, solange man nicht mehr als zehn Tassen pro Tag trinkt.

»Aber wer würde schon zehn Tassen am Tag davon in sich hineinschütten! – Und wer würde schon heiraten wollen!«, dachte sie laut, während sie am Herd stehend den Tee ziehen ließ. Yvonne, die am Tisch saß, hörte es.

»Heiraten?«, fragte sie neugierig nach.

Angelina fühlte sich ertappt. Die ganze Zeit hatte sie darüber Stillschweigen bewahrt, aber vielleicht war es doch gut, mit jemandem darüber zu reden.

»Max hat mir einen Antrag gemacht«, klärte sie Yvonne also auf.

»Und?«, fragte Yvonne aufgeregt.

Angelina schwieg, aber ihre Freundin wurde richtig zappelig.

»Toll, ihr werdet heiraten!«, jubelte sie gerade, als Max in seiner Försterkleidung zur Tür hereinkam.

»Freu dich nicht zu früh, Yvonne! Sie hat sich noch Zeit ausgeboten. Warum, versteh' ich nicht, aber sie wird ihre Gründe haben.« In seiner Stimme schwang Zynismus mit.

Angelina hatte ihren Entschluss gefasst. Sie würde nächsten Samstag auf das Klassentreffen gehen.

»Du Max, ich muss am Samstag aufs Klassentreffen.«

Max kannte seine Hexe gut und hatte sofort eine Vermutung.

»Ich dachte, du gehst nicht hin. Gehst du jetzt nur wegen dem Antrag?«

»Nein, Max. Ich muss hin, sonst passiert etwas Schreckliches.«

In dem Moment betrat Sebastian die Küche. Er trug noch seinen Schlafanzug und rieb sich verschlafen die Augen. Überschwänglich lief Yvonne auf ihn zu und gab ihm einen Kuss, bevor er sich zu seiner Mutter an den Tisch setzte. Max verließ wortlos das Zimmer.

»Was hat er? Habt ihr euch gestritten?«, fragte Sebastian.

An diesem Morgen prasselten viele Fragen auf Angelina ein, aber sie blieb ihrem Sohn die Antwort nicht schuldig.

»Nein, er hat mir einen Antrag gemacht, und ich hab' mich noch nicht entschieden.«

Sebastian fuhr bei dieser Nachricht förmlich zusammen. Mit großen Augen sah er seine Mutter an.

»Lass dir Zeit, Mama … Du musst ihn nicht heiraten! Ich finde es nicht gut, wenn du heiratest.«

Yvonne erschrak richtig über seine heftige Reaktion.

Angelina kniff einen Moment ihre Augen zusammen. Sebastian war also gegen eine Heirat. Warum wohl? Aber sie wollte die Angelegenheit nicht gerade heute durchdiskutieren. Sie war immer noch viel zu sehr mit der Vision der Kaser Steinstube beschäftigt. Das Klassentreffen ging ihr nun nicht mehr aus dem Kopf. Sie musste hin! Immerhin galt es womöglich eine Katastrophe zu verhindern. Sie wusste weder, wer sterben würde, noch wie viele sterben müssten und kannte schon gar nicht den Grund. Aber sie war sich ganz sicher, dass der Tod dem Pfarrkirchener Gymnasium einen Besuch abstatten würde.

Während sie so grübelte, fiel ihr wieder die Darstellung des Todes als Sensenmann ein. Als kleines Mädchen hatte sie mit ihrer Mutter in der Stiftspfarrkirche St. Philipp und Jakob in Altötting, dem bekannten Wallfahrtsort, zum ersten Mal Bekanntschaft mit dem Sensenmann gemacht. Der Sensenmann ist dort eine mechanische Statue und wird volkstümlich »der Tod z' Eding« genannt. Die Skelettfigur aus versilbertem Holz befindet sich auf einer sieben Meter hohen Schrankuhr aus dem 17. Jahrhundert. Unaufhörlich mäht sie im Takt der Uhr.

Angelinas Mutter erklärte ihr, dass bei jedem Sensenschwung des Sensenmannes irgendwo auf der Erde jemand sterben müsse. Zwar sei es nur eine Legende, aber das Leben sei in der Tat kurz und vergänglich. Angelina fürchtete sich damals vor dem Sensenmann. Am liebsten hätte sie die einen halben Meter große, angsteinflößende Figur gestoppt, damit niemand auf der Welt sterben müsste, aber das konnte sie nicht.

Die Erinnerung war Angelina geblieben. Bereits als Kind hatte sie begriffen, an welch seidenem Faden ein Menschenleben hängt.

Als sie nun in ihrer Vision so nah mit dem Tod konfrontiert worden war, kam diese Erinnerung wieder in ihr hoch. Sie fragte sich, was wäre, wenn sie zum Klassentreffen fahren würde und ihr Leben dort zu Ende gehen sollte.

Sebastian und Yvonne merkten nichts von Angelinas Tagtraum. Yvonne war ganz damit beschäftigt, ihrem Sebastian die Flausen aus dem Kopf zu treiben, was die Heirat zwischen Max und Angelina betraf. Sie selbst war für die Heirat und konnte nicht verstehen, wie Sebastian sich dagegen aussprechen konnte. Es wollte ihr einfach nicht in den Kopf gehen, warum er nicht froh darüber war, dass seine Mutter ein neues Glück gefunden hatte. Sebastians Verhalten konnte auch bedeuten, dass er generell gegen die Ehe war. Sie aber träumte in ihrem stillen Kämmerlein von einer romantischen Hochzeit mit Sebastian. Sie wollte nicht sofort heiraten, aber in ein paar Jahren wollte sie Kinder haben, und eine wilde Ehe konnte sie sich nicht vorstellen. Yvonne war zwar eine moderne junge Frau, aber was das Heiraten betraf, hatte sie ihre eigenen, noch sehr mädchenhaften Wunschvorstellungen – und die durften dann auch altmodisch sein. Sie war also auf jeden Fall für die Ehe und Sebastian sollte es deshalb auch sein. Leidenschaftlich redete sie auf ihren Freund ein, wie schön es wäre, wenn Max Angelina heiraten würde und er dann auch wieder einen Vater hätte.

Sebastian aber blieb stur. »Ich hab' einen Vater. Auch wenn ich ihn nicht oft sehe. Noch einen brauch' ich nicht«, sagte er trocken.

Angelina konnte diese ganze Diskussion nicht mehr länger

hören und lief nach draußen. Sie hatte ganz andere Sorgen und wollte nur ihre Ruhe.

Draußen lief ihr ihre Katze über den Weg. Hexi hatte ihr Junges bei sich. Die dreifarbige Katze hatte erst vor kurzem geworfen und das süße Katzenbaby hatte von Angelina den Namen »Herzi« bekommen.

Ähnlich wie Angelina Yvonne hatte, die ihr oftmals hinterherlief, so hatte Hexi das kleine Kätzchen Herzi oft bei sich.

Auch diesmal lief Yvonne Angelina hinterher. Sie hatte gemerkt, dass ihre Freundin den Raum verlassen hatte und beschloss, Sebastian später weiter mit dem Heiraten zu bearbeiten. Als Angelina sie aus dem Haus treten sah, winkte sie aber ab und Yvonne musste einsehen, dass sie gerade allein sein wollte.

Bei den Schlägen der Kirchturmuhr zuckte Angelina förmlich zusammen. Die Uhr schlug elf Mal und Angelina war bei jedem Schlag, als würde ihr jemand einen Schlag auf die Schulter versetzen. Als die Kirchturmuhr verstummt war, hatte sie ihre Entscheidung getroffen.

3. Kapitel

Den darauffolgenden Samstag fuhr der Förster Max seine Angelina mit dem Forstwagen zum Gymnasium Pfarrkirchen. Es war lange her, dass sie dort zur Schule gegangen war. Als sie damals ihr Abitur machte, hatte man das Gymnasium noch durch eine schwere, massive Holztür betreten.

Angelina war sich sicher, dass Gevatter Tod in der Schule wartete. Sie schritt nicht durch den modernisierten Haupteingang, sondern ging gleich zum Pausenhof, wo gewöhnlich die Lehrer ihre Autos parken durften, und traf dort auf eine Schar bekannter und unbekannter Gesichter. Man begrüßte sich freundlich, obwohl in den Gesichtern einiger ehemaligen Schulkameraden Misstrauen und Unsicherheit stand. Jeder schien zu rätseln: »Wer könnte das sein? Nein, das ist … Oder doch …?«

Angelina mischte sich unter die Menge und war erstaunt darüber, wie viele ihrer alten Kameraden sie auf Anhieb wiedererkannte und sich sogar noch an deren Namen erinnern konnte. Die Frauen waren oft schwieriger wiederzuerkennen. Während die Männer sich oft nur leicht verändert hatten, ihr Haar nur lichter geworden war oder sie gar keine Haare mehr hatten, hatten viele der Frauen ihre Haare gefärbt und die, die sie früher lang trugen, hatten jetzt eine Kurzhaarfrisur oder umgekehrt. Die meisten hatten geheiratet und ihren Geburtsnamen abgelegt. Aus Lisa Schmidt war Frau Lisa Grabowski mit vier Kindern geworden und aus Carmen Obermann eine Carmen Oboa. Vieles hatte sich verändert, nur Angelina nicht allzu sehr.

Sie hatte immer noch ihr rotes Naturhaar und war unverheiratet. Dass sie einmal geschieden war, fand sie einer Erwähnung nicht wert. Ansonsten hatte sie »immerhin einen Sohn zustande gebracht«, wie es später bestimmt noch heißen würde, wenn man über sie sprach.

Angelina blickte nach und nach in die Gesichter ihrer ehemaligen Kameraden. Jeder Anwesende war für sie verdächtig und ein potentielles Opfer. Sie drückte jedem die Hand, um herauszufinden, ob es eigenartige Schwingungen gab. Für die anderen mochte es etwas merkwürdig ausgesehen haben, dass Angelina jedes Mal die Augen schloss, wenn sie nach einer Hand griff. Aber sie versuchte damit nur, sich zu konzentrieren. Sie achtete auf jede ihrer Empfindungen, wollte keinen Hinweis, kein Bild oder gar eine weitere Vision verpassen.

Dann trat ein Lehrer der Schule vor die versammelte Menge und begrüßte Angelinas Jahrgang im Namen des Gymnasiums.

»Mein Name ist Herr Brinkelmeier und ich bin Lehrer für Deutsch und Geschichte. Ich werde mit Ihnen einen Rundgang durch unsere Schule machen. Sie werden sehen, dass hier in den letzten Jahren vieles neu gemacht wurde!«

Angelina schloss sich den anderen an. Vieles hatte sich in der Tat verändert. Die grüne Farbe, die früher überall in den Räumen, auch auf Spinten und Stühlen, zu finden gewesen war, war verschwunden. Angelina fand das ausgesprochen schade. Grün war ihre Lieblingsfarbe, denn es war die Farbe ihres geliebten Waldes. Öfter hatte sie in der Schulzeit den Unterricht geschwänzt, um im Wald herumstreunen zu können. Doch das war Vergangenheit und heute erinnerte sich niemand mehr an die paar Schulstunden, die sie gefehlt hatte. Für Angelina zählte nun nur der Augenblick. Sie musste die Augen offen halten. Nichts durfte ihr an diesem Tag entgehen. Niemand ahnte, dass sie nur aus einem einzigen Grund hier war.

Einer der Männer stürzte mit zusammengekniffenen Beinen aus der Gruppe heraus und rempelte dabei Angelina in die Seite. Ohne Entschuldigung drückte er sich an ihr vorbei. Sein Gang verriet jedem, dass er dringend auf der Suche nach einem Klo war. Es war Hannes, der immer schon ein Rüpel gewesen war. Angelina starrte ihm einen Moment nach, dann sah sie sich wieder nach den anderen um. Nicht weit von sich entdeckte sie Moritz. Er war damals der Aufreißer der Schule gewesen. Er hatte die unglaubliche Frechheit von James Bond und den Charme von Casanova gehabt – genug um die Herzen der Mädchen schneller schlagen zu lassen. Anscheinend hatte das Leben ihn aber nicht zum Superagenten werden lassen. Er sah nicht gerade danach aus als hätten seine Talente ausgereicht, ein abenteuerliches und geheimnisvolles Leben zu führen. Mit seinen vierzig Lenzen mochte er zwar zahlreiche Fraueneroberungen vorweisen können, aber zu einem richtigen Casanova hatte er es nicht gebracht. Er erzählte Angelina, dass er Hilfsarbeiter in einer Backwarenfabrik sei.

Angelina versuchte, ihre Augen überall zu haben, aber alle Gespräche konnte sie nicht belauschen. Dicht neben ihr entdeckte sie zwei Schulkameraden zusammen, die sich früher eigentlich nie hatten riechen können. Angelina dachte daran, dass mit dem Alter Einsicht und Vernunft reifen sollen und redete sich so ein, dass die beiden sich nicht gleich an die

Gurgel gehen würden. »Eigentlich sind die Herren reif genug«, sagte sie sich noch und im nächsten Moment entdeckte sie jemand, der tatsächlich reif war. Der alte Oberlehrer Reiter war so gebrechlich geworden, dass nicht nur Angelina dachte: »Mein Gott der lebt noch!« Der Oberlehrer erweckte den Eindruck, als würde er auf der Stelle tot umfallen. Eine wandelnde Zeitbombe des Todes. Angelina fragte sich, ob er schon über achtzig oder über neunzig sei. Aber letzteres konnte nicht sein, denn schließlich war er zu ihrer Schulzeit noch im Dienst. Sie wechselte ein paar Worte mit dem alten Herrn, wobei sie nur die Hälfte verstand, aber wie anno dazumal trotzdem so höflich nickte, als hätte sie alles mitbekommen. Dann verabschiedete sie sich von ihm und wandte sich wieder den Klassenkameraden zu. Ihrem alten Lehrer musste sie sich nicht wie ein Schutzengel an die Fersen heften. Reiter war zäh, das wusste sie. Er würde das Klassentreffen gewiss überstehen.

Der Tross der Ehemaligen war schließlich plaudernd und lachend im Physiksaal angekommen, dort wo es früher oft gekracht hatte. Die nächste Station war der Chemiesaal, wo es früher öfter gestunken als gekracht hatte. Dort war man inzwischen auch im 21. Jahrhundert angekommen. Vieles hatte sich in den Räumen des Gymnasiums verändert. Alles war viel moderner geworden und Sicherheit wurde mittlerweile großgeschrieben. Es gab auch Vorkehrungen für den Fall eines Amoklaufs. An einen solchen hatte Angelina auch schon gedacht. Alles war möglich, alles konnte an diesem Tag passieren.

Die Führung ging weiter in den Musiksaal und in die alten Klassenzimmer. Jeder Raum war inzwischen mit Computern ausgestattet. Als sie die neuen Lehrpläne sah, war Angelina froh, nicht mehr die Schulbank drücken zu müssen und dachte daran, in Zukunft mehr Verständnis für Sebastian und Yvonne zu zeigen, die gerade vor ihrem Abitur standen und immer wieder über den Lernstoff klagten.

Inzwischen war die Gruppe der Ehemaligen größer geworden. Einige zu spät Gekommene waren dazu gestoßen. Angelina entdeckte eine der beiden Zwillingsschwestern Bergmann. Sie erinnerte sich an die Bergmannzwillinge noch recht gut, sie hießen Karin und Nina. Der eine Zwilling kam auch gleich auf Angelina zu und drückte sie herzlich: »Angelina!«

»Karin?«, fragte Angelina und lag damit prompt falsch.

»Ich bin Nina«, bekam sie zur Antwort.

Die Zwillinge hatten sich damals wirklich wie ein Ei dem anderen geglichen. Angelina war neugierig, ob das so geblieben war, aber Karin schien nicht dabei zu sein.

»Ist Karin auch mitgekommen?«

»Ja, gerade war sie noch da.«

Nina sah sich suchend um.

Angelina freute sich, die Zwillinge zu sehen. Sie hatte die beiden immer leiden können. Die Freundschaft war aber nach der Schulzeit eingeschlafen. »Wie geht es euch denn?«, wollte sie wissen.

Nina zögerte. Angelina erinnerte sich daran, dass die Zwillingsschwestern so unzertrennlich gewesen waren, wie es oft über Zwillinge gesagt wird. Dennoch hatten beide niemals die gleichen Kleider getragen und sich auch in ihren Interessen sehr voneinander unterschieden. Karin war die Lebhafte gewesen und Nina eher die Zurückhaltende. Deshalb war Angelina auch überrascht, als Nina sagte:

»Mir geht es gut, aber Karin leider weniger. Sie leidet seit einiger Zeit an Depressionen. Ich fühle mich immer wohler, wenn ich in ihrer Nähe bin.«

»Wieso?«, horchte Angelina auf. Karins Schicksal interessierte sie.

Ninas Augen wurden feucht. Sie wollte nicht recht heraus mit der Antwort.

»Sie hat mal eine Überdosis Schlaftabletten genommen«, flüsterte sie schließlich beinah.

»Nein!« Angelina war so erschrocken, dass sie richtig schrie. Ein paar der anderen Schulkameraden drehten sich kurz neugierig zu ihnen um.

Nina hielt nervös weiter Ausschau nach ihrer Schwester.

»Vielleicht kommt sie heute auf andere Gedanken. Es wird ihr gut tun, ihre alten Freunde wiederzusehen«, sie sah Angelina an, »und ganz besonders wird sie sich freuen, dich nach so langer Zeit endlich wieder mal zu sehen.«

Angelina hatte die Zwillinge immer schon gemocht. Nina sogar noch etwas mehr als Karin. Sie war sich sicher, dass Nina alles nur Mögliche unternahm, um Karin zu unterstützen und ihr beizustehen. Es tat Angelina in der Seele leid, dass es Karin nicht gut ging. Vielleicht konnte sie ihr mit ihrem umfangreichen Wissen helfen? Sie war überzeugt, dass das Schicksal die Dinge zusammenfügte. Es sollte einfach so sein, dass sich ihre Wege jetzt wieder kreuzten, davon war die Hexe überzeugt.

Als die Führung vorbei war, versammelten sich alle in der

Aula des Gymnasiums. Es folgten noch ein paar abschließende Worte und Angelina atmete auf. Sie war erleichtert. Offenbar sollte es doch kein Unglück geben. Die Sache schien ausgestanden. Wieso sollte jetzt noch etwas Schlimmes geschehen?

Sie lehnte sich in der Aula entspannt gegen die Mauer und lauschte den Worten des freundlichen Lehrers, der gerade für Schulspenden warb, bevor sich alle zum Abschluss fürs Klassenfoto aufstellen sollten. Dabei fiel ihr Blick auf die Galerie, auf der auch ein paar Leute standen. Sie musste lächeln. Noch vor ein paar Tagen hatte sie sich so gar nicht vorstellen können, auf ein Ehemaligentreffen zu gehen. Und jetzt gefiel es ihr auch noch. Unter den Leuten auf der Galerie entdeckte sie Karin. Sie stand etwas abseits in einer Ecke.

Angelina winkte ihr zu, doch Karin reagierte nicht. Sah sie Angelina nicht? Oder erkannte sie sie nicht?

Angelina trat ein paar Schritte vor, um Karin besser zu sehen. Dabei verlor sie ihre alte Freundin kurz aus den Augen. Als ihre Augen nochmals die Galerie absuchten, geschah es. Angelina blieb für einen Moment das Herz stehen. Im Bruchteil einer Sekunde musste sie mitansehen, wie Karin kopfüber von der Brüstung stürzte und auf den harten Granitboden der Aula aufschlug. Der dumpfe Knall des Aufpralls fuhr jedem der Anwesenden durch Mark und Bein. Alle schrien auf. Dann brach Panik aus. Einige liefen wild durcheinander, andere stürzten zur Stelle des Unglücks.

Augenblicklich kam Angelina ihre Vision wieder in den Sinn. Es waren genau diese Sekunden der Ohnmacht und der Dunkelheit gewesen, die sie in der Kaser Steinstube vor sich gesehen hatte. Dieselbe Dunkelheit umfing sie nun für einen Moment, als die aufgebrachten Leute so nah an ihr vorbeihasteten, dass sie kurz nichts mehr vor sich erkennen konnte. Durch die Dunkelheit drangen die entsetzlichen Schreie der panischen Menschen. Angelina hätte am liebsten auch selbst aufgeschrien, galt es jetzt doch, Ordnung in das ganze Chaos zu bekommen. Unüberlegtes Handeln führte nun zu gar nichts, verleitete im Gegenteil noch zu Fehlern. Dann setzte Angelina sich in Bewegung. Sie musste versuchen an den Ort des Geschehens zu gelangen. Sie musste zu Karin, musste sehen, ob sie noch am Leben war. Sie konnte Erste Hilfe leisten. Wenn sie noch am Leben war und ihr Rückgrat gebrochen hatte, war jede falsche Bewegung für sie tödlich! Diese Gedanken schossen ihr durch den Kopf, als sie sich durch all die schockierten Menschen hindurchzwängte, bis sie endlich vor der großen Blutlache stand, die sie vor ihrem geistigen Auge schon einmal gesehen hatte.

Angelina starrte auf das Blut und wagte erst nicht, den danebenliegenden Körper anzusehen – aber sie musste dem Schicksal ins Angesicht blicken. Tapfer sah sie auf den dahingestreckten Körper ihrer Freundin. Rolf, der Postbote, beugte sich gerade über Karin und zerrte an ihren reglosen Armen, als wolle er sie wieder auf die Beine bringen. Oliver, der Arzt geworden war, kniete neben ihr. Kopfschüttelnd schloss er mit seinen Fingern ihre Augen. Sie war tot.

Angelinas Vision hatte sich bestätigt. Sie hatte es nicht geschafft, den Tod ihrer Freundin zu verhindern. Sie hatte versagt. Wie angewurzelt stand die Hexe vor der Leiche.

Das hysterische Schluchzen von Nina Bergmann, die sich

weinend durch die schockierte Menschenmenge hin zu ihrer Schwester gekämpft hatte, riss Angelina aus ihrer Starre. Nina schrie auf vor Schmerz, dann machte sie kehrt und rannte so schnell, wie sie herbeigestürmt war, die Hände vor ihr Gesicht gepresst, fort von der Unglücksstelle nach draußen. Auf dem Pausenhof rang sie verzweifelt nach Luft.

Oliver erhob sich derweil, um Platz für Siegfried zu machen, der Priester war. Niemand wagte zu sprechen, in der Aula war es totenstill geworden. Nur Oliver telefonierte mit dem Handy nach einem Krankenwagen. Ergriffen und geschockt suchten viele der ehemaligen Klassenkameraden untereinander Halt. Einige stützten sich gegenseitig oder lehnten zusammen an der Wand, andere suchten nach einer Sitzgelegenheit, weil ihre Beine zu sehr schlotterten nach dem schockierenden Ereignis, das sich gerade vor ihren Augen abgespielt hatte. Manche hielten es nicht länger in der Aula aus und gingen nach draußen.

Während Angelina sich niederkniete und die tote Karin ansah, machte der Priester das Kreuzzeichen und sprach ein Gebet für seine einstige Schulkameradin. Offensichtlich war es ein Genickbruch. Das linke Bein war gänzlich verdreht und das Knie war von Blut umgeben, förmlich eingebettet in dem geronnenen Blut. Angelinas Blick wanderte wieder aufwärts. Sie betrachtete Karins Hände, die außer einem abgebrochenen Fingernagel unbeschadet geblieben waren. Äußerlich war nicht zu erkennen, was alles durch den harten Aufprall in Wirklichkeit gebrochen war. Aber Karin musste auf der Stelle tot gewesen sein, dessen war Angelina sich sicher.

Kurz darauf traf der Krankenwagen ein, dann ein Polizeiwagen. Angelina machte sich auf die Suche nach Nina, um nach ihr zu sehen und ihr Trost zu spenden. Sie fand die Zwillingsschwester draußen im Hof. Sie hatte sich in eine Ecke zurückgezogen und weinte vor sich hin. Angelina umarmte sie wortlos. Das Kassentreffen war vorbei.

4. Kapitel

Das Pfarrkirchener Gymnasium hatte sich geleert. Angelina war die letzte, die geblieben war. Nina wurde mit psychologischer Betreuung nach Hause nach Bodenmais gebracht.

Irgendetwas in ihr veranlasste Angelina noch zu bleiben. Sie stand in der Aula am Tatort und warf von dort einen Blick nach oben, wo sie vor vier Stunden noch Karin lebendig stehen gesehen hatte. Vor ihrem geistigen Auge ließ Angelina die entscheidenden Sekunden noch einmal Revue passieren. Karin stand kurz in der Ecke rechts oben. Dann fiel sie kopfüber nach unten.

Angelina fiel der abgebrochene Fingernagel wieder ein, der einzige Makel an Karins schönen Händen. War er beim Sturz abgebrochen oder schon vorher?

Grübelnd ging Angelina nach oben und stellte sich exakt an die Stelle, wo Karin gestanden hatte. Sie blickte den Gang hinunter, den sie früher oft selbst entlanggegangen war. Er führte am Kunstsaal vorbei und über eine Treppe nach draußen ins Freie und zur Turnhalle. Sie erinnerte sich noch gut daran. Dort draußen war die Raucherecke, wo überwiegend die Lehrerschaft paffte. Zur Pause qualmte es dort immer heftig.

Nach unten zu sehen war ein merkwürdiges Gefühl. Außer ein paar Blutspuren zeugte nichts mehr von dem harten Aufprall der Frau, die noch ein langes Leben vor sich gehabt hätte. Angelina hatte immer noch den dumpfen Aufprall im Ohr. Ein Schauder lief ihr unangenehm den Rücken hinunter. Ihr schwindelte und sie schloss für einen Moment die Augen. Ihre Hände klammerten sich an den hölzernen Handlauf der Brüstung. Der Handlauf war sehr rau. Angelina hatte sich wieder gefasst und strich nochmals über den rauen Handlauf. Vielleicht sollte sie ihn genauer unter die Lupe nehmen? Wenn man sich daran festhalten würde, könnte durchaus ein Fingernagel dabei abbrechen. Aber nach Kratzern zu suchen hatte keinen Sinn. Davon gab es zu viele. Warum kam sie überhaupt auf diese Idee? Das würde bedeuten, es wäre kein Selbstmord gewesen.

Die Polizei schloss aber Mord oder Fremdverschulden bereits aus. Angelina hatte aufgeschnappt, dass die Polizei bei Karin einen Abschiedsbrief gefunden hatte, der bewies, dass sie sich selbst das Leben genommen hatte. Aber Abschiedsbriefe waren aus Angelinas Sicht eine recht unsichere Sache. Sie erinnerte sich daran, dass damals beim Hubermord in Bad Birnbach der Fesl auch einen verfasst hatte. Er war aber dazu gezwungen worden, sich das Leben zu nehmen. Karins Abschiedsbrief bewies für Angelina noch gar nichts. Im Gegensatz zur Polizei und allen anderen, sagte ihr ein untrügliches Gefühl, dass es besser sei, nichts auszuschließen, sondern vielmehr alles in Betracht zu ziehen.

Während Angelina ihren Gedanken nachhing, kam ein Mann in einem recht verschmutzten Blaumann auf sie zu. Er zog das rechte Bein beim Gehen nach, trug einen Vollbart und hatte eine dicke, leicht verbogene Hornbrille auf.

»Wahrscheinlich der neue Hausmeister«, dachte Angelina.

»Wieder ein Mensch weniger auf der Welt«, brummte er und in seiner Stimme lag Verbitterung.

Angelina starrte den Mann verwundert an. Für einen Moment war sie sprachlos. Etwas Derartiges hatte sie nicht erwartet zu hören. Der aber fuhr unbeirrt fort:

»Für die ist es besser so! Die war ja ganz geistesabwesend! Hab' sie ja nur kurz gesehen, aber …« Er stoppte kurz und schüttelte den Kopf: »Die sah ja schon todkrank aus!«

»Wie können Sie nur so über eine Verstorbene reden!« Angelina war entsetzt.

»Wieso nicht? Kommt ja ohnehin in die Hölle, die Selbstmörderin. Aber vielleicht hat ja der Herrgott ein Einsehen. Selig sind ja die Schwachen im Geiste, heißt es doch!«

Schon wollte Angelina dem Mann etwas entgegensetzen, um ihrer Empörung Nachdruck zu verleihen, doch dann zog sie es vor, freundlich zu bleiben und stattdessen Fragen zu stellen.

»Ist Ihnen denn sonst noch etwas an der Frau aufgefallen?«

Der Mann grübelte einen Moment, kratzte sich am Kinn und murmelte dann leise in sich hinein: »Nein, an der Frau nicht …«

Er senkte seinen Blick und Angelina hoffte auf einen regen Gedankenblitz von ihm, der dem Ganzen jetzt eine entscheidende Wendung geben konnte.

»Ein Mann hätt' mich fast über den Haufen gerannt«, er hob wieder seinen Blick, »das war sehr seltsam.«

»Wo?«, hakte Angelina sofort nach.

»Bei der Turnhalle. Er rannte wie ein Narrischer. Sein Motorrad hab' ich gesehen. Den hätt' ich am liebsten angezeigt, den Mistkerl. Meine Brille ist beim Zusammenprall kaputt gegangen.«

Angelina hätte den Mann am liebsten an den Schultern gepackt und alle wissenswerten Informationen auf der Stelle aus ihm herausgeschüttelt wie beim Zwetschgenbaumschütteln. Aber sie blieb geduldig. Der Mann war schwierig und verstockt. Sie wollte ihn nicht vergraulen. Er wollte sich auch schon wieder abwenden, um weiter seiner Arbeit nachzugehen. Da türmte Angelina sich vor ihm auf und versperrte ihm den Weg.

»Wie sah dieser Mann denn aus?«, fragte sie so ruhig und freundlich wie möglich. Es vergingen einige Sekunden, bevor sie endlich eine Antwort bekam.

»Es ging so schnell … Er trug schwarze Motorradkleidung … und einen schwarzen Helm.«

Damit wollte Angelina sich noch nicht zufrieden geben.

»Und, wie groß war er?«, drängte sie.

»Ich lag doch am Boden … Lassen Sie mich jetzt in Ruhe, ich hab' noch zu tun!«

»Aber wir dürfen den Mistkerl doch nicht ungestraft davonkommen lassen, Herr …?«

Da fiel ihr ein, dass sie seinen Namen noch gar nicht wusste.

»Hausmeister Wieser!« Dabei war seine Stimme mit Stolz erfüllt. »Hausmeister« betonte er wie einen militärischen Titel.

Vielleicht könnte sie ihn damit ködern, wenn sie an seinen Stolz, sozusagen an seine Hausmeisterehre appellierte, dachte Angelina.

»Wo kämen wir da hin, wenn man unbescholtene, redliche Hausmeister, wie Sie einer sind, so behandeln darf!«, schmeichelte sie.

Wieser nickte. Endlich schien ihn jemand zu verstehen.

»Der Blitz soll ihn treffen!«, seine Stirn legte sich in Falten vor Anstrengung, als er überlegte, »es ging so schnell. Ich musste ja meine Brille wieder aufheben …«

»Ist er weggefahren?«, Angelina war bereit für das Verhör.

»Ja.«

»Was für ein Motorrad hatte er?«

»Es war rot …«, er zögerte.

»Was für ein Fabrikat?«, stocherte sie nach.

»Eine Ducati Diavel, eine rote Ducati Diavel. Damit kenn' ich mich aus!«

»Haben Sie das Kennzeichen erkannt?«

»Nein, das ging zu schnell. Nur die drei Anfangsbuchstaben konnte ich noch sehen. REG war das, glaub' ich.«

»Kommen Sie!«, drängte Angelina weiter, »denken Sie nach! Vielleicht fällt Ihnen doch noch mehr ein!«

»Nein«, der Hausmeister schüttelte mürrisch den Kopf, »mehr weiß ich nicht! Genug geredet!«

Forsch forderte er Angelina auf, nun zu verschwinden. Die Hexe ließ sich nicht lange bitten. Sie hatte ihre Informationen bekommen – und alles ließ auf einen Mord schließen.

So bizarr es sein mochte, aber sie hoffte sogar auf einen Mord oder zumindest einen Unfall. Einen Selbstmord empfand sie als viel schlimmer, besonders für Karins Seele. Die Hexe wusste, dass die Seele eines Menschen, der seinem Leben selbst ein Ende setzt, nur schwer ihren Frieden in der Ewigkeit findet.

Der Hausmeister Wieser trottete hinter Angelina her zum Ausgang. Hinter ihr würde er absperren und in den verdienten Feierabend gehen. Angelina versuchte nochmals kurz, ihn weiter in ein Gespräch zu verwickeln, das Kennzeichen der Ducati erfuhr sie aber nicht mehr. Es wollte ihm einfach nicht mehr einfallen. Dafür erfuhr sie aber, dass Wieser letztes Jahr seine Frau an Krebs und seinen Sohn bei einem Verkehrsunfall verloren hatte. Angelina verstand. Daher kam Wiesers Wurstigkeit, wie man in Bayern sagt, seine Gleichgültigkeit gegenüber Karins Tod.

Zehn Minuten später stand Max mit seinem Jeep vor dem Gymnasium in der Arnstorfer Straße.

Angelina stieg ein, grüßte kurz, legte den Kopf zurück und schloss die Augen. Max sah sie forschend an.

»Ist es so schlimm, meine Frau zu werden?«

Sie warf ihm einen kurzen Blick zu und starrte dann geradeaus durch die Windschutzscheibe.

»Es ist nicht wegen deinem liebgemeinten Antrag, Max. – Ich muss nur etwas nachdenken.«

Max wusste nicht, was davon zu halten war und fuhr los. Auf halber Strecke nach Bad Birnbach ertrug er das Schweigen nicht mehr und fragte, wie das Klassentreffen denn so gewesen sei.

Angelina schilderte ihm kurz, was geschehen war und wie es mit einer Tragödie geendet hatte.

Obgleich Max Karin nicht kannte, ging ihr Tod ihm sehr zu Herzen. Er litt mit Angelina, wie er das meistens tat. Sie war die Frau, die er liebte. Was auch immer Angelina an die Nieren ging, Max litt mit ihr. Deshalb konnte er auch einfach nicht verstehen, warum sie ihm bei seinem Heiratsantrag nicht jauchzend vor Freude um den Hals gefallen war und lauthals »ja« geschrien hatte. Liebte sie ihn nicht genug? Liebte er sie mehr als sie ihn?

Er nahm sich fest vor, das Thema zu vermeiden und auch später beim gemeinsamen Abendessen nicht wieder damit anzufangen. Er würde es verdrängen, so gut er konnte.

Angelina selbst verdrängte das Thema schon seit Samstag.

5. Kapitel

Angelina hatte fest vor, mehr über Karins mysteriösen Tod in Erfahrung zu bringen. Sie fühlte sich geradezu bestimmt dazu, den Fall selbst aufzuklären. Warum sonst hätte sie die Vision gehabt? Wenn sie schon nicht in der Lage gewesen war, den Tod zu verhindern, so hoffte sie, wenigstens dazu bestimmt zu sein, den Mord aufzuklären – wenn es wirklich einer war. Sie wollte nicht eher ruhen, bis der Täter gefunden und überführt werden konnte.

Das Abendessen im Forsthaus verlief sehr ruhig. Max hatte ein leckeres Nudelgericht gekocht und konzentrierte sich ganz auf das Essen auf seinem Teller. Angelina schien es ihm gleich zu tun. Sebastian und Yvonne wunderten sich darüber, sahen sich beide fragend an, wagten aber nicht, das Schweigen zu brechen.

Schließlich nahm Yvonne ihr I-Phone und chattete in Facebook herum.

»So jetzt hab' ich dich gepoked, Sebastian«, verkündete sie dann, »du warst schon ewig nicht mehr in Facebook drin.«

»Hab' eben keine Lust zurzeit«, murrte Sebastian.

Yvonne schnaufte etwas beleidigt und legte ihr Handy zur Seite. Sie fand, dass langsam Angelina an der Reihe war, Fragen zu beantworten.

»Angelina, ich hab' gehört, dass eine deiner alten Schulkameradinnen bei dem Klassentreffen gestorben ist …«, fragte sie in diesem unglaublich freundlichen Ton, der unmissverständlich sagte, dass sie nicht bereit war, ihre Frage abschmettern zu lassen. Damit war allen am Tisch klar, dass Yvonne jetzt auf ihre eigene nette Art nicht mehr locker lassen würde.

Angelina wollte eigentlich zuerst ihre Gedanken ordnen und dann darüber reden.

»Angelina«, fragte Yvonne aber unerbittlich weiter und legte dabei zutraulich ihre Hand auf Angelinas Arm, »hat sich etwa die Vision von der Steinstube bewahrheitet?«

Angelina schaute kurz Yvonne an, dann schweifte ihr Blick über die anderen am Tisch.

Sie holte tief Luft, als wollte sie ihrer Familie eine wichtige Erkenntnis offenbaren.

»Der Tod lässt sich nicht aufhalten. Zu vieles im Leben ist in einem bestimmten Rahmen vorherbestimmt.«

Yvonne war sichtlich enttäuscht von dieser Antwort, aber irgendetwas hielt sie davon ab, weiter nachzufragen.

Sebastian gab seiner Mutter einen tröstenden Kuss auf die Wange: »Mama, ich bin sicher, du hast alles versucht, was möglich war!«

An diesem Abend gingen alle im Forsthaus recht früh ins Bett. Yvonne fuhr nach Hause und lernte noch für die Schule.

6. Kapitel

Am nächsten Morgen regnete es in Strömen. Obwohl Sonntag war, ging Max in den Wald, um nach dem Rechten zu sehen. Angelina blieb im Haus und versuchte an ihrem neuen Kräuterbuch »Heilkraft aus der Natur« weiterzuschreiben, aber sie wollte nicht so richtig vorankommen. Jede Zeile fiel ihr schwer. Sie war in Gedanken ständig bei dem Klassentreffen, hatte aber auch keine rechte Lust, bei dem schlechten Wetter mit dem Rad zur Kaser Steinstube zu fahren und auf eine neue Vision zu hoffen.

Stattdessen griff sie zum Telefon und rief Nina in Bodenmais an, um zu hören, wann Karins Beerdigung sein sollte. Aber sie erreichte nur den Anrufbeantworter. Also wählte sie die Nummer des Pfarramtes von Bodenmais und erfuhr, dass die Beerdigung bereits am übernächsten Tag stattfinden würde.

Als sie den Hörer gerade aufgelegt hatte, läutete die Haustürklingel.

Angelina öffnete die Tür und vor ihr stand Kommissar Bierbauch.

Bierbauch hatte etwa zwanzig Pfund abgenommen. Er trug zwar noch seinen alten Mantel, aber der miefte nicht mehr wie früher. Der Kommissar hatte sich verändert und daran war Angelina nicht ganz unschuldig.

Nach ihrem letzten, man könnte auch sagen »gemeinsamen Mordfall« war Bierbauch vom Dienst suspendiert worden. Er war der ermittelnde Kommissar gewesen und Angelina diejenige, die den Fall am Ende aufgeklärt hatte.

Der Alkohol hätte Bierbauch beinahe zerstört. Unmittelbar nach seinem Zusammenbruch hatte Angelina sich um ihn gekümmert und in eine naheliegende Entzugsklinik gebracht. Sie war es auch gewesen, die ihn oft besucht und seelisch wieder aufgerichtet hatte. Bierbauch hatte seine Lebenskrise schließlich überwunden und nun war er gekommen, um sich bei Angelina zu bedanken. Als Geschenk hatte er neben seinem gründlich rasierten Gesicht – er wusste, dass die Hexe keine Bartstoppeln mochte – einen Strauß gelber Rosen dabei.

Angelina freute sich zu sehen, wie Bierbauch sich erholt hatte.

»Gut sehen Sie aus, Herr Kommissar!«, begrüßte sie ihn. Obwohl sich inzwischen eine Freundschaft zwischen ihnen entwickelt hatte, siezten sie sich noch.

»Danke«, Bierbauch strahlte Angelina an und druckste dann etwas verlegen heraus, »ich weiß, dass Sie Blumen mögen, deswegen habe ich Ihnen welche mitgebracht.« Damit streckte er ihr den Strauß gelber Rosen entgegen, als hätte er noch nie im Leben eine Pflanze in der Hand gehalten.

»Das wär' aber nicht nötig gewesen.« Mit einem Lächeln auf den Lippen nahm sie ihm diesen ab und lief in die Küche, um die Rosen in eine Vase zu stellen.

Ausgerechnet Bierbauch war der erste, dem es an diesem Tag gelang, ihr Gesicht aufzuhellen. Bis sie mit den Rosen in der Vase zurückkam, schielte Bierbauch neugierig in den Hausflur. Angelina stellte die Blumen auf die Kommode im Flur und lächelte Bierbauch an: »Gute Wahl.«

Der Kommissar kratzte sich etwas verlegen am Hinterkopf.

»Ehrlich gesagt hat mich die Blumenverkäuferin bei der Wahl etwas beraten.«

Damit brachte er Angelina nochmals zum Schmunzeln. Sie bat ihn, einzutreten und führte ihn in die Wohnstube.

»Die Blumen waren das Mindeste, was ich tun konnte. Ich weiß gar nicht, ob ich das Ganze ohne Sie durchgehalten hätte«, sah Bierbauch sie erwartungsvoll an.

Angelina aber entgegnete ihm nichts darauf. Was hätte sie auch sagen sollen? »Keine Ursache« oder etwa »Das hab ich doch gern getan«? So gerne hatte sie es damals nämlich nicht gemacht. Sicher war es nicht aus Liebe zu dem alten Bierbauch gewesen. Angelina hatte es eben getan. Sie hatte sich um ihn gekümmert, weil es nötig war. Sie hatte erkannte, dass sich unter der rauen und recht unfreundlichen Schale des Kommissars ein guter Kern verbarg, der aber tief saß und nicht leicht hervorzuholen war. Deshalb überließ sie jetzt einfach Bierbauch das Reden.

Der wurde durch das Schweigen der Hexe noch verlegener und wie es oft in solchen Situationen passiert, wenn der Wohltäter nichts auf den Dank erwidert, kann er aus der Verlegenheit seines Gegenübers nur profitieren. Dann bleibt es nicht nur bei Blumen. Und so war es auch bei Angelina und Bierbauch. Sichtlich von ihrem Schweigen verunsichert, trat Bierbauch nervös von einem Fuß auf den anderen.

»Also, wenn ich mal was für Sie tun kann, sagen Sie es nur!«

Und da ließ Angelina sich nicht lange bitten und wusste eine Gefälligkeit.

»Sie haben es bestimmt schon mitbekommen, was gestern in Pfarrkirchen Schreckliches passiert ist …«

Doch zu ihrer Überraschung wusste Bierbauch darüber noch nicht Bescheid.

»Nein, ich bin noch nicht wieder im Dienst und die Zeitung hab' ich mir heute noch nicht gekauft.«

Er schöpfte Hoffnung, dass sich endlich ein richtiges Gespräch mit der Hexe entwickelte. Zutraulich kam er näher.

»Nächsten Monat werde ich wieder in Dienst gestellt«, und neckend fügte er hinzu, »Hexe!« Dabei umgriff er frech ihre Taille.

Angelinas erste Reaktion wäre fast gewesen, Bierbauch grob von sich zu stoßen. Aber er bekam nicht einmal eine Ohrfeige. Sanft löste sie seine großen Männerhände von ihrem Körper. Sie wusste, Bierbauch war nicht schüchtern und konnte zupacken. Vielleicht tat ihr sogar die Abwechslung gut, mit einem Mann im Raum zu sein, der ihr nicht nachlief wie Max in letzter Zeit. Der Förster war ihr schon fast zu weich geworden. Sie konnte es selbst kaum begreifen, aber der Mann, den sie einst so gehasst hatte, amüsierte sie in diesem Moment richtig. Wenn er bereit wäre, ihr jetzt bei dem zu helfen, das sie schon den ganzen Vormittag beschäftigte, wäre das vielleicht der Beginn einer langen Freundschaft.

»Was war denn gestern?«, fragte er nach, während sie immer noch seine Hände festhielt.

Ihr Gesicht wurde sehr ernst.

»Eine Schulfreundin hat sich auf unserem Klassentreffen

das Leben genommen. Ich muss herausfinden, ob es wirklich Selbstmord war ...«

Sie ließ seine Hände los und beide setzten sich an den Wohnzimmertisch. Angelina berichtete in groben Umrissen, was sich zugetragen hatte. Sie erzählte Bierbauch auch von ihrer Vision in der Kaser Steinstube. Sie wollte Bierbauch klar machen, dass sie trotz aller Indizien und Beweise nicht an Karins Selbstmord glaubte. Sie fühlte, dass da etwas nicht stimmte.

»Selbst wenn ich depressiv bin, springe ich doch nicht ausgerechnet bei meinem Klassentreffen vor versammelter Mannschaft mit einem Abschiedsbrief von der Brüstung einer Galerie!«

Bierbauch hörte aufmerksam zu.

Ein Selbstmörder rechne doch im Grunde immer bis zum Schluss noch damit, dass sein Hilferuf von jemandem gehört werde, argumentierte Angelina weiter.

»Wir beide wissen doch nur zu gut, was von Abschiedsbriefen zu halten ist!«

Damit spielte sie auf die Rottaler Morde des letzten Jahres an. Damals wurde der Metzgergeselle Fesl gezwungen, einen Abschiedsbrief zu verfassen.

Bierbauch kratzte sich nachdenklich am Hinterkopf, verzog die Miene und überlegte eine Weile.

»Alles gut und schön, was Sie da sagen, Angelina. Aber leider kann ich da nicht viel machen und schon gar keine Ermittlung in Gang setzen.«

»Der Hausmeister hat aber einen verdächtigen Mann gesehen!«

»Am Tatort?«

»Nein, aber nicht allzu weit davon entfernt. Er flüchtete mit einer roten Ducati Diavel. Er hatte das Kennzeichen für den Landkreis Regen.«

Bierbauch kratzte sich seinen Hinterkopf fast wund. Angelina hatte ihn zumindest zum Grübeln gebracht.

»Ich nehme an, Sie werden nach Bodenmais zur Beerdigung fahren …«

»Ja, in zwei Tagen.«

»Haben Sie schon jemanden, der Sie fährt?«

Angelina schüttelte den Kopf.

»Yvonne und Sebastian haben im Moment recht wenig Zeit, weil sie fürs Abitur lernen müssen und Max, meinen Lebensgefährten, will ich im Moment nicht damit belasten. Den plagen zurzeit ganz andere Sorgen.«

»Welche denn?«

Angelina zögerte einen Moment. Dass Max ihr einen Antrag gemacht hatte, ging Bierbauch wirklich nichts an.

»Ach, der hat so viel Arbeit«, lautete dann ihre knappe Antwort.

Bierbauch gab sich damit zufrieden und begann laut zu überlegen: »Bodenmais …«

Über Angelinas Schulter hinweg blickte er versonnen durchs Fenster. Dann sah er Angelina an. »Da war ich schon – ein heilklimatischer Kurort. Es ist schön dort. Ich fahr' Sie gern zur Beerdigung – und dann zeig' ich Ihnen Bodenmais.«

Angelina nickte sofort zustimmend. Sie hatte erreicht, was sie wollte.

Das Wissen eines erfahrenen Kommissars könnte ihr noch von Nutzen sein, dachte sie sich.

Angelina wollte Bierbauch noch etwas zu Trinken anbieten, aber da kam Max früher als erwartet nach Hause.

Regendurchnässt hielt er ebenfalls einen Blumenstrauß in seiner Hand – blaue Veilchen. Von seinem dunkelgrünen Regencape tropfte das Wasser auf den Holzboden im Flur. Als er sich bückte, um seine Schuhe auszuziehen, sah er die gelben Rosen auf der Kommode stehen. Max schlüpfte aus seinen Stiefeln und dann verschlug es ihm förmlich die Sprache. Seine Freundin Angelina kam mit Bierbauch aus dem Wohnzimmer.

Mit einem kurzen »Grüß Gott, Förster« ging Bierbauch an ihm vorbei. Angelina begleitete ihn noch nach draußen.

Max besah seine blauen Veilchen und legte sie auf die Kommode.

Da drehte Bierbauch sich noch einmal nach Max um.

»Schöne Veilchen.« In seiner Stimme lag Spott.

7. Kapitel

Zwei Tage waren vergangen. Angelina erwähnte das Thema Heirat Max gegenüber nicht mehr und blieb ihm ihre Antwort schuldig. Auch Max verlor kein Wort mehr darüber, was aber nicht hieß, dass er sie nicht mehr heiraten wollte.

Ein heftiger Frühjahrssturm hatte im Wald viele Bäume geknickt. Als hätte Angelina geahnt, dass Max an diesem Tag viel Arbeit haben würde, hatte der Förster mit all dem Bruchholz so viel zu tun, dass er ohnehin keine Zeit gehabt hätte, sie in den Bayerischen Wald zu chauffieren. Vielleicht war es Angelina aber auch lieber, mit Bierbauch nach Bodenmais zu Karins Beerdigung zu fahren!

Bierbauch holte sie früh am Morgen ab. Sie fuhren zuerst noch zur Kaser Steinstube. Angelinas Fahrer wartete in seinem Toyota, während sie eilig das ihr vertraute Waldstück hinunterlief, hin zu ihrem Kraftort. Dort wollte sie tief Atem holen, um Kraft zu tanken und ihren Geist zu reinigen.

Die Steine in der Steinstube waren nass. Sie musste aufpassen, nicht abzurutschen, als sie ihre Position einnahm. Sie konzentrierte sich auf ihre Frage und murmelte leise vor sich hin: »Wieso? Wieso das Ganze?« Sie konnte einfach nicht verstehen, wieso die Vision ihr ausgerechnet die Sekunden nach Karins Tod gezeigt hatte. Warum hatte sie das alles vor ihrem geistigen Auge erleben müssen, wenn sie hilflos alles mit ansehen musste? Warum hatte sie nicht eingreifen können? Wieso musste ein Mensch von dieser Welt scheiden?

Wie viele Menschen, die mit dem Tod konfrontiert werden, sah Angelina keinen Sinn in ihm. In ihren Augen machte weder Karins Tod Sinn, noch dass sie in diese Angelegenheit mit hineingeraten war.

Sie wollte jetzt die Wahrheit herausbekommen. Was genau hatte sich in ihrem alten Gymnasium abgespielt, als Karin hinabgestürzt war? Angelina wollte es mit Hilfe ihrer Fähigkeiten herausbekommen. Sie wollte Bilder sehen und das am besten sofort. Sie wollte auf der Stelle alles vor sich sehen, und auch gleich das Gesicht des Mörders. Doch nichts passierte.

Ungeduldig, wie es sonst gar nicht ihre Art war, strich sie sich durch ihr langes rotes Haar. Ihre Augen zuckten nervös.

»Angelina, bleib ruhig, mach dich frei von dem Ballast des Irdischen. Der Geist ist frei. Öffne dich!«, redete sie sich zu.

Es wäre leichter für sie gewesen, sich von jemand anderem anleiten zu lassen, denn sie setzte sich selbst zu sehr unter Druck. Sie wusste, dass oben auf der Landstraße Bierbauch auf sie wartete. Und sie musste auf die Beerdigung ihrer Freundin. Das zerrte an ihr. Sie war einfach zu unruhig. Es machte keinen Sinn. Noch einmal atmete sie tief durch und schloss die Augen.

Sie war nahe daran aufzugeben und zurückzugehen.

Da strich ihr sanft wie eine milde Brise etwas durchs Haar und über ihre Wangen. Ein süßlicher, angenehmer Geruch stieg in ihre Nase und sie spürte eine Anwesenheit, die ihr recht vertraut schien, die sie von früher her kannte.

Vor nicht ganz einem Jahr hatte sie zum letzten Mal dieses Gefühl verspürt. Langsam öffnete sie die Augen. Vor ihr stand jemand, der gar nicht vor ihr hätte stehen dürfen. Es war unmöglich, aber Angelina hatte keine Angst. Warum auch sollte sie sich vor ihrer besten Freundin fürchten, die auf tragische Art und Weise ums Leben gekommen war, als sie bei Angelina zur Zeit der Rottaler Morde zu Besuch gewesen war. Angelinas Seelenverwandte Susanne stand nun inmitten der Steinstube vor ihr.

Angelina war tief bewegt, aber zu glücklich, um zu weinen. Nur ein paar Freudentränen lösten sich und rannen ihre Wangen herunter.

»Susanne!«, hauchte sie.

Dass ihre Freundin kein Traum war, wusste die erfahrene Hexe. Was gerade passierte, war real, auch wenn Susanne tot war.

Susanne war weiß gekleidet und hatte tatsächlich eine sehr gesunde Gesichtsfarbe.

Angelina hätte sie gerne umarmt, doch das ließ Susanne mit ihren Gedanken nicht zu.

Sie kommunizierten ohne Worte. Es war ein bisschen wie früher, denn die beiden hatten sich immer auch wortlos verstanden. Ihren Sinn für Telepathie hatten die beiden Frauen sich mit ihrer Seelenverwandtschaft erklärt. Jede hatte immer gespürt, wenn es der anderen nicht gut gegangen war. Trotz oftmals großer Entfernungen waren sie immer füreinander da gewesen, wenn sie sich brauchten.

War Susanne deswegen gekommen? War sie ihr erschienen, weil Angelina nicht mehr weiter wusste und vor einem Rätsel stand?

»Wieso?«, fragte Angelina noch einmal und diesmal war es an Susanne gerichtet.

Beide hatten ihren Mund geschlossen. Sie unterhielten sich nur mit Hilfe ihrer Gedanken.

»Wieso …«, wollte Angelina schon fortfahren, wurde aber von ihrer besten Freundin unterbrochen.

»Weil du richtig liegst mit deiner Annahme. Sie hat sich nicht umgebracht. In Bodenmais wirst du einen neuen Kraftort finden. Und du wirst den Mörder finden.«

»Wie geht es dir, Susanne?«, fragte Angelina.

»Gut, es geht mir gut.«

Angelina wollte mehr wissen, wollte weiter fragen, doch da fuhr ein gleisender Lichtstrahl von oben hinein in die Steinstube und pfeilschnell löste sich Susanne darin auf.

Was Angelina da gerade erlebt hatte, war keine Vision gewesen. Es waren nicht Bilder gewesen wie sonst, die sie vor sich sah. Susanne war Angelina ganz nah gewesen. Dieser Moment war für Angelina präsenter und schärfer gewesen als die Realität. Als hätte man ihr einen Vorhang vor den Augen weggezogen, war alles klar und deutlich geworden. Susanne hatte zudem eine Wärme und geradezu erhabene Geborgenheit ausgestrahlt, die Angelina gerne weiter gespürt hätte. Wie schön mochte das Leben nach dem Tod sein?

So klar wie Angelina ihre verstorbene Freundin vor sich gesehen hatte, so klar war auch der Auftrag, den sie von ihr erhalten hatte.

Angelina war entschlossen, alles Notwendige zu tun und auf sich zu nehmen, um Karins Mörder zu stellen.

Erfrischt und innerlich geradezu befreit von Angst und Vorwürfen, verließ sie nach diesem wundersamen Erlebnis die Steinstube und den Wald.

Beschwingt stieg sie zu Bierbauch ins Auto. Nun konnte die Reise nach Bodenmais beginnen.

8. Kapitel

Angelina war optimistisch und Bierbauch war offenbar die beiden letzten Tage nicht untätig gewesen. Er überraschte sie gleich mit einer Neuigkeit.

»Ich habe ein wenig meine Beziehungen spielen lassen. Es gibt vier registrierte Ducati Diavel im Landkreis Regen.«

Angelina machte große Augen. Ein solches Engagement hatte sie von Bierbauch nicht erwartet.

»Die werden wir alle nacheinander abklappern«, verkündete er weiter. »Sie haben doch Zeit?«

Angelina musste lächeln: »Ausreichend!«

Sie würde sich die Zeit nehmen, denn zuhause schien man sie nicht wirklich zu vermissen. Sebastian und Yvonne hatten nur ihr Abi im Kopf und der heiratswütige Förster war offenbar eingeschnappt. Angelina hatte den dreien vor der Abfahrt aufgetragen, sich abwechselnd um ihre Tiere zu kümmern. Wenn der Aufenthalt länger dauern würde, konnte sie eine SMS schicken. Angelina hatte einen Auftrag und wollte ihn erfüllen.

Nachdem sie eine Weile unterwegs waren, begann die Hexe dem Kommissar Fragen zu stellen. Zuerst aber schmeichelte sie ihm etwas. Angelina war ein Katzenmensch, hatte auch selbst Katzen, und welche Tiere verstehen sich besser aufs Schmeicheln als Katzen? So färbte es auf Angelina ab. Sie hatte wie ihre Katzen Erfahrung darin, sich an die Beine von jemand zu schmiegen, um etwas Bestimmtes zu bekommen oder zu erreichen. Sie hatte zwar natürlich nicht vor, zu schnurren und sich um Bierbauchs Beine zu schmiegen, aber sie schmeichelte mit Worten.

»Gut, dass ein derart erfahrener Kommissar wie Sie an meiner Seite ist!«

»Sie und ich ihm Einsatz – eigentlich undenkbar«, Bierbauch schüttelte den Kopf.

»Schön, dass Sie mir helfen werden!«, strahlte sie ihn weiter an und freute sich tatsächlich darüber.

Sprachlos warf er ihr einen kurzen aber bedeutungsvollen Blick zu. Sie hatte ihn jetzt wie einen Fisch an der Angel und das wusste er.

»Ich muss verrückt sein. Ich weiß jetzt schon, dass Sie mir nur Scherereien machen werden und mir ständig dazwischenreden wollen. Ich sollte besser gleich wieder umkehren«, dabei setzte er eine ernste Miene auf und zwinkerte ihr zu.

Angelina schmunzelte: »Ja, so bin ich eben, eine fürchterliche Hexe. Solche wie mich hat man früher auf dem Scheiterhaufen verbrannt. Mein Gott haben Sie mich damals beschimpft!«

»Sie hatten mir aber auch ganz schön zugesetzt, als ich Ihren Sebastian verhaften musste.«

»Zum Glück ist doch alles noch gut ausgegangen.«

»Ja«, brummte Bierbauch.

Angelina knuffte ihn in seinen dicken rechten Oberarm.

»Und das kriegen wir jetzt auch noch auf die Reihe!«

Bierbauch schmunzelte. Angelina hatte ihn hilfsbereit gestimmt und begann auch gleich, ihre Fragen zu stellen.

»Sagen Sie, kann man nach einem Sprung den Unterschied

erkennen zwischen jemandem, der beabsichtigt hatte zu springen, und jemandem, der gestoßen wurde?«

»Wie meinen Sie das?«

»Wenn man gestoßen wurde, liegt man da anders auf dem Boden? Womit schlägt man da zuerst auf?«

Bierbauch überlegte kurz und meinte dann, ein Selbstmörder springe mit den Beinen voran nach unten, während jemand, der gestoßen wurde, eher mit dem Kopf nach unten aufkomme.

Karin war mit dem Kopf nach unten aufgekommen. Da war Angelina sich sicher. Einen Moment begann sie zu zweifeln. War es doch ein Unfall gewesen? Hatte Karin wegen ihres angeschlagenen Gesundheitszustands das Gleichgewicht verloren und wollte sich deswegen noch am Handlauf festkrallen?

»Ich dachte, ich habe unter den Kratzern am Handlauf der Brüstung eine frische Kratzspur gesehen. Karin hatte einen abgebrochenen Fingernagel …«, überlegte sie laut.

Bierbauch schien ganz auf den Straßenverkehr konzentriert.

»Scheißdreck«, fluchte er, als sich ein LKW genau vor ihnen einreihte, »jetzt haben wir den auch noch vor uns!«

Doch dann kam zu Angelinas Erstaunen auch noch ein Satz aus seinem Mund, der sich auf ihre Mutmaßungen bezog.

»Dann hätte sie sich noch kurz gewehrt und wollte sich festhalten.«

»Genau. Dabei könnte dann der Fingernagel abgebrochen sein«, Angelina schielte zu Bierbauch hinüber, löste dann ihren Gurt und fummelte in ihrer Westentasche herum, bis sie doch tatsächlich Karins abgebrochenen Fingernagel herausholte, den sie in ein Tempotaschentuch eingehüllt hatte.

»Was machen Sie da?«

»Ich hab' den Fingernagel.«

Vor Schreck hätte Bierbauch beinah das Lenkrad losgelassen.

»Wie sind Sie denn an den gekommen?«

»Ich hab' ihn bei der Brüstung gefunden.«

Sorgfältig wickelte sie den Fingernagel wieder ein und steckte ihn zurück in die Tasche.

9. Kapitel

Nach etwa neunzig Minuten Fahrt erreichten sie das Ortsschild von Viechtach. Dort sollte der erste Verdächtige von Bierbauchs Liste wohnen. Ihm wollten sie als Erstes einen Besuch abstatten.

Bierbauch hielt kurz an und schaute in seinen Notizen nach der Adresse.

»Den haben sie aber sorgfältig zusammengefaltet«, bemerkte Angelina sarkastisch, als sie den zerknitterten Zettel sah.

»Papperlapapp, Hexe!«

Er gab die Adresse ins Navi ein und sie fuhren weiter. Als sie in die gesuchte Straße einbogen, sahen sie auch gleich eine rote Ducati Diavel vor einem Garagentor stehen.

Angelina riss sofort die Tür auf und schwang sich aus dem Wagen. Bierbauch kratzte sich kurz am Hinterkopf und stieg dann auch aus. Er zupfte noch seinen alten Mantel zurecht, da hatte Angelina schon das Gartentor geöffnet.

Das gefürchtete Ermittlerduo Kommissar Bierbauch und die Mordshexe Angelina, wie sie seit den Rottaler Morden oft genannt wurde, waren inoffiziell im Einsatz, sozusagen als Sonderermittler. Im Landkreis Regen und im Markt Bodenmais kannte und fürchtete sie wahrscheinlich aber noch niemand, obgleich der Kommissar früher dort schon öfter Urlaub mit Edeltraud, seiner seligen Frau, gemacht hatte.

Vielleicht würden Angelina und Bierbauch nun den Ortsansässigen das Fürchten lehren …

Ihre erste Station war also Viechtach, kurz vor Bodenmais. Angelina drückte auf die Haustürklingel.

Es dauerte ein paar Minuten, dann öffnete ihnen eine Frau im lila Bademantel die Tür. Angelina schätzte sie auf etwa dreißig.

»Wat is' denn?« Ihr norddeutscher Dialekt war alles andere als freundlich.

Bierbauch zog ein zerknülltes Stück Papier aus der Tasche. Angelina fragte sich im ersten Moment, was er darin wohl eingewickelt hatte, erkannte dann aber Bierbauchs Spickzettel mit den Ducati-Fahrern. Bierbauch versuchte, das Papier etwas zu glätten und kniff die Augen zusammen, um seine Notizen zu entziffern. Seine eigene Handschrift zu lesen fiel ihm schwer. Angelina nahm dem Kommissar den Zettel aus der Hand. Die Adresse war noch zu entziffern, aber der Name nur schwer. Angelina entschied schließlich, dass es »Klara von Bernheim« heißen musste.

Der Frau war anzusehen, dass ihr der unerwartete Besuch nicht passte.

»Ich kaufe nichts, ich habe keine Schere zu schleifen und bin auch nicht an Ihrer Religion interessiert«, sagte sie schnippisch und wollte die Tür wieder schließen. Da ahmte Angelina die Art eines aufdringlichen Vertreters nach und stellte energisch ihren Fuß in die Tür.

»Wir verkaufen nichts.«

»Ich hab' jetzt keine Zeit für Sie!«, entgegnete die Frau barsch und versuchte die Tür zuzudrücken.

»Haben Sie wohl!«

Mit aller Kraft stemmte Angelina sich dagegen und brachte die Haustür so weit auf, dass ihr Begleiter ins Haus schlüpfen konnte. Bierbauch verschaffte sich sogleich Respekt, indem er die Frau böse anschaute. Mit den Händen in den Manteltaschen, schritt er um sie herum und observierte sie.

»Wir haben ein paar Fragen an Sie. Sehen Sie mich an!«, kommandierte er und zeigte mit dem Zeigefinger in seine Augen.

»Sehen Sie mir in die Augen!«

Sichtlich eingeschüchtert tat Klara von Bernheim, was ihr befohlen wurde.

Bierbauch zog kurzerhand eine gewöhnliche Scheckkarte aus seinem Mantel und wedelte damit kurz wie mit einer Polizeimarke vor ihr herum. Es war ihr unmöglich, irgendetwas darauf zu erkennen, aber sie ließ sich trotzdem davon beeindrucken.

»Wo waren Sie am Samstagnachmittag vor einer Woche?«, begann Bierbauch sein Verhör.

Die Frage war der Frau sichtlich unangenehm.

»Äh, ich war zu Hause. Wieso fragen Sie?«

»Haben Sie Zeugen, die das bestätigen können?«

»Gehört die Ducati da draußen Ihnen?«, mischte Angelina sich ungeduldig ein. Damit war Frau von Bernheim mitten in einem Kreuzverhör. Nervös fuhr sie sich mit der linken Hand durch das noch leicht feuchte Haar.

Die beiden vor ihr starrten sie eindringlich an und warteten auf eine Antwort.

»Mein Mann kann bezeugen, dass ich hier war«, stotterte sie, »wir hatten nämlich Sex, wenn Sie es unbedingt wissen wollen.«

Die Röte schoss ihr ins Gesicht und sie wusste nicht, wen von den beiden grimmig dreinschauenden Ermittlern sie nun eigentlich ansehen sollte.

Angelina hatte einmal gehört, dass bei Verhören oft mit der Technik »Guter Polizist und böser Polizist« gearbeitet wird. Ein Polizist spielt dabei die Rolle des freundlichen Befragers und verständnisvollen Zuhörers, während der andere Polizist härter zur Sache geht und dem Befragten droht. Angelina wollte unbedingt der böse Polizeibeamte sein. Bierbauch aber blickte schon von Berufs wegen finster drein und so hatte es Frau von Bernheim an jenem Tag ausschließlich mit »bösen Polizisten« zu tun.

Zu ihrem Glück sahen Angelina und Bierbauch aber schnell ein, dass Frau von Bernheim als Täterin nicht in Frage kam und wollten ihre Zeit nicht mehr mit ihr vergeuden. So verabschiedeten sie sich recht schnell und ließen die Frau wieder allein, nachdem sie sie wie ein flattriges Huhn aufgescheucht hatten.

»Ja, ja, diese Preiß'n«, grummelte Bierbauch, als er in den Wagen stieg, »reden, dass man sie kaum versteht und haben nur Sex im Kopf.«

Angelina musste grinsen. Bierbauch hatte das Gequassel und die ganze Art, die diese Frau an sich hatte, so richtig genervt.

Die Mordshexe nahm sich vor, das nächste Mal besser Bierbauch die Rolle des Bösen zu überlassen. »Böser Polizist – böser Polizist« funktionierte nicht so recht. Sie würde deshalb mehr die Beobachterrolle übernehmen und einschreiten, wenn es nötig war.

10. Kapitel

Angelina und ihr Kommissar fuhren beim nächsten Mordkandidaten vor und waren damit in Bodenmais, ihrem eigentlichen Zielort, angekommen. Dass sie bei den ersten Haustürbefragungen nicht gleich den Täter finden konnten, war beiden im Vorhinein klar gewesen. Aber irgendwie und irgendwo mussten sie ja beginnen und so viele Ducati gab es auch wieder nicht.

Das Haus glich einer Villa. Wer immer auch darin wohnte, musste vermögend sein. Drei Garagen schlossen sich an. Vor einer stand ein BMW. Das Ermittlerduo hatte zwar keine Legitimation, war aber zuversichtlich und näherte sich der Haustür – eine Massivholztür mit vergoldetem Türklopfer. Angelina fragte sich, ob ihnen gleich ein Butler die Tür öffnen würde.

Doch es war ein kleiner Mann im Unterhemd. Müde rieb er sich die Augen, aus denen ihm der Grant sah, wie man in Bayern sagt. Angelina zuckte bei seinem Erscheinen kurz zusammen und wich einen Schritt zurück. Aus dem Haus war lautes Hundegebell zu hören.

»Was wollen Sie?«, fragte der Mann höchst unfreundlich.

Kommissar Bierbauch ließ sich nicht einschüchtern.

»Fahren Sie eine Ducati Diavel?«

»Was geht Sie das an?«

An diesem Tag schienen Angelina und Bierbauch mit Freundlichkeit nicht weit zu kommen. Der übellaunige Zeitgenosse wollte ihnen sofort wieder die Nase vor der Tür zuschlagen.

Es war ihm sichtlich egal, ob die beiden noch ihre Nasen dazwischen hatten.

Mit ihrer Mimik bedeutete die Mordshexe Bierbauch, härter vorzugehen. Er konnte die schwere Tür gerade noch auffangen, und die beiden schlüpften ins Haus.

Angelina hatte sich fest vorgenommen, diesmal mit Freundlichkeit und Zurückhaltung aufzutreten. Aber jetzt, da sie gleich so angeschnauzt worden waren, fiel ihr das schwer.

Kaum hatten sie das Haus betreten, kamen schon zwei Dobermänner aus den Tiefen des Flurs auf sie zugestürzt. Anstatt die beiden kläffenden Hunde zurückzurufen, trieb der Hausbesitzer sie noch an.

»Mausi und Hansi, los, fasst!«

Dem Mann schien es völlig egal zu sein, ob Angelina und Bierbauch von der Polizei waren oder nicht.

Bierbauch wich vor den Hunden zurück, stellte sich schützend vor Angelina und bugsierte sie mit sich hinaus. So schnell er konnte, schlug er die Haustür zu, dass es knallte.

»Wir kommen aber wieder!«, schrie er dem Mann noch aufgebracht hinterher.

»Und dann mit Verstärkung, Sie …!«, schnaubte Angelina.

Widerstrebend verließen sie das Grundstück. Im Auto machte Angelina auf Bierbauchs Notizzettel, den jetzt sie verwaltete, hinter dem bösen Mann mit den Hunden ein dickes Kreuz.

11. Kapitel

Eine Adresse wollten die beiden noch aufsuchen, bevor sie am Nachmittag auf die Beerdigung von Karin Bergmann gehen würden. Die Adresse lag zudem genau auf ihrem Weg.

In der Ausfahrt vor dem kleinen Einfamilienhaus stand keine Ducati. Aber eine alte Frau stand vor der Haustür. Sie stellte sich als Frau Meier vor und fragte Angelina und Bierbauch höflich, ob sie ihnen helfen könne. Sie bat sie sogar herein. Keiner von beiden nahm an, dass die alte Dame, die wohl schon um die achtzig war, sich noch auf ein Motorrad schwingen konnte.

»Leben Sie allein?«, fragte Angelina in geradezu liebenswürdigem Tonfall.

»Nein, ich lebe mit meinem Enkelsohn zusammen. Der ist aber nur selten hier.«

Die alte Dame führte sie ins Wohnzimmer und bat sie auch gleich, Platz zu nehmen. Offenbar war sie recht einsam.

»Wollen's auf ihn warten?«

Bierbauch und Angelina sahen sich kurz fragend an.

Freundlich meinte Angelina dann, sie können leider nicht lange bleiben, aber damit stieß sie bei Frau Meier auf taube Ohren. Um ihre Gastfreundlichkeit noch zu unterstreichen, fragte die alte Dame, ob sie etwas anbieten könne.

»Vielleicht ein paar Kekse? Möchten Sie etwas trinken? Tee oder Kaffee?«

Angelina überlegte, ob vielleicht Frau Meiers Enkel ein solches Motorrad besaß. Vielleicht würde er ja bald nach Hause kommen. Also nahm sie die Einladung an.

»Danke, sehr gerne. Ein Tee wäre schön. Aber wir wollen Ihnen keine zu großen Umstände bereiten!«

Frau Meier freute sich richtig.

»Und was möchten Sie, junger Mann?«

Bierbauch fühlte sich leicht geschmeichelt. Als jungen Mann hatte ihn seit gewiss dreißig Jahren niemand mehr bezeichnet.

Angelina zog amüsiert ihre Augenbrauen hoch und nickte ihm schelmisch zu, bevor sie für ihn bestimmte.

»Der junge Mann nimmt gerne auch einen Tee.«

Die alte Frau machte sich emsig auf den Weg in die Küche. Man konnte sehen, wie schwer ihr das Gehen fiel. An der Wand neben dem Eichenschrank lehnte ihr Gehstock. Für ihren unerwarteten Besuch schien sie aber darauf zu verzichten.

»Kamille?«, rief sie aus der Küche.

Angelina stimmte auch für Bierbauch zu.

»Ach, wenn man in meinem Alter ist, fällt einem alles schwerer«, redete die Alte in der Küche weiter vor sich hin. »Geistig fehlt mir zum Glück noch nix – da bin ich noch topfit! Schauen's auf den Tisch! Da liegen die Kreuzworträtsel, die ich löse.«

Angelina besah sich die zahlreichen Zeitungen, die kreuz und quer auf dem Tisch herumlagen. Es sah aus, als wären sie schon oft gelesen worden. Die Seiten waren zerknittert und voller Eselsohren und manche der Exemplare schienen gar als Untergrund für schmierige Töpfe missbraucht worden zu sein.

Angelina ließ die Finger davon. Ihr grauste etwas.

»Die jungen Leute heute lösen viel weniger Kreuzworträtsel, ist Ihnen das schon aufgefallen? Dabei wär' es eine so gute Übung für das Gehirn!«

Angelina nickte, lehnte sich auf der Couch, die an einigen Stellen schon ganz aufgerissen war, zurück und verschloss die Arme, während sie der alten Frau zuhörte. Bierbauch starrte an die Decke. Er schien die Spinnen, die sich dort oben zahlreich eingenistet hatten, zu zählen.

»Das wünscht' ich mir auch von meinem Enkel, dem Hansi, dem Tunichtgut«, redete die Frau in der Küche weiter. »Ein bisserl was von meinem Gehirn würd' ich dafür hergeben, um wieder besser gehen zu können. Mei, bin ich früher viel gelaufen! Den Silberberg hoch, zu den Bergstollen! Ausflüge auf den Arber! Wie ich das vermiss'! Der Alfred, mein seliger Mann, der war auch immer dabei!«

Da krabbelte irgendetwas unter der Couch und huschte an Angelinas Füßen vorbei. Eine Katze oder einen Hund hatte Frau Meier aber nicht. Da hielt es Angelina nicht länger auf der Couch. Sie ging in die Küche und nahm der alten Frau die Tassen ab. Die bedankte sich erfreut und winkte Angelina ganz nah zu sich heran.

»Sagen's, ist das Ihr Mann?«, flüsterte sie ihr ins Ohr.

Angelina verneinte das vehement, aber die alte Meierin flüsterte weiter: »Der würd' aber gut zu Ihnen passen. Mein seliger Alfred hat ihm sehr ähnlich geschaut.« Sie zwinkerte Angelina zu. »Schauen's Ihnen um ihn!«

Dann saßen sie zu dritt beieinander und tranken Tee. Angelina konnte nicht anders als die ganze Zeit auf den Boden zu schielen, ob sich da eine Maus oder gar eine Ratte zu ihren Füßen herumtrieb.

Plötzlich begann die Meierin ganz von allein mit dem Thema, das Angelina auf dem Herzen lag.

»Bodenmais ist so schön! Machen Sie Urlaub oder sind Sie wegen der Beerdigung von der einen Bergmannschwester hier? Mei, die Arme! Vor einem Jahr der Vater gestorben, vor ein paar Wochen die Großmutter. Aber bei dem Umgang, den die Schwestern haben, kein Wunder sag' ich Ihnen! Ja, die arme Bergmann, nix war's mehr zu beneiden. Wenn die Seel' nicht mehr will …«

Ihre Worte waren voll Trauer und Schmerz.

Angelina tat Karin auch immer noch leid. Ihre »Seel«, wie die Alte es ausdrückte, würde aber erlöst sein, da gab es keine Frage. Blieb nur die Frage, wer oder was die Bergmann dazu getrieben hatte, dass ihre Seele nahezu kapituliert hatte. Gewiss konnten Todesfälle Menschen zur völligen Verzweiflung treiben, aber deshalb kam für Angelina ein Selbstmord immer noch nicht infrage.

»Wie meinen Sie das mit dem Umgang?«, stocherte Angelina nach.

In der Stimme der Meierin schwang Furcht mit.

»Ich sag' nur, es gibt da ein paar Leut' im Umfeld der Bergmannschwestern …!«

Der Gastgeberin kamen dabei fast die Tränen. Beruhigend legte Angelina ihre Hand auf die kleinen, zerschundenen und mit Altersflecken bedeckten Hände.

»Wie ist das zu verstehen, Frau Meier?«

»Meinen Hansi haben's verdorben …«

Ausweichend entzog sie Angelina ihre Hände, griff nach ihrer Tasse und nippte zerstreut an ihrem Tee.

»Ich hab' nix g'sagt, nix …«, stammelte sie fast weinerlich vor sich hin und verschloss wie ein trauriger Pantomime ihren Mund mit Daumen und Zeigefinger.

»Böser Polizist – guter Polizist«, Angelina wusste, dass sie sich jetzt zurückhalten musste. Bierbauch drückte sich von der durchgesessenen Couch mit den Händen ab und stand auf. Er machte ein paar Schritte auf Frau Meier zu.

»Glauben Sie wirklich, dass es Selbstmord war? Glauben Sie, man hat Karin Bergmann dazu getrieben?«

Frau Meier schwieg. Bierbauchs Erfahrung sagte ihm, dass darüber nichts mehr aus ihrem Mund dringen würde. Sie würde alles tun, um ihren Enkel zu schützen.

Er gab ihr seine Telefonnummer und bat sie, ihn sofort zu verständigen, wenn etwas sein sollte. Sie könne ihn jederzeit erreichen, egal ob Tag oder Nacht. Bierbauchs dunkle Stimme klang dabei so tröstlich, dass sich das Herz der alten Dame öffnete. Für Bierbauch hatte sie etwas übrig, weil er ihrem verstorbenen Mann so ähnelte.

»Ich glaub', ich mach' es nicht mehr lang, aber schön, dass Sie da waren. Hat mich gefreut. Bin halt eine alte Schachtel!«, jammerte sie leise.

Da trat Angelina wieder näher.

»Schauen Sie mich an!«, forderte sie die Alte liebenswürdig auf, »ich kann das feststellen.«

Dann sah sie ihr tief in die Augen, fasste nach ihren Ohren und tastete die Ohrläppchen sorgfältig ab.

»Wie lange leb' ich noch?«, drängte die alte Frau.

Angelina senkte ihren Blick und sagte mit ruhiger Stimme: »Sie können über neunzig Jahre alt werden.« Damit entlockte sie ihrem Gegenüber ein zufriedenes Lächeln. Frau Meier schien ein Stein vom Herzen zu fallen.

»Schauen's Ihnen die Leute bei der Beerdigung genau an!«, sagte sie zum Abschied.

Kaum hatten Angelina und Bierbauch Frau Meiers Haus ver lassen, verlangte der Kommissar neugierig zu wissen, ob die Hexe wirklich in der Lage war, festzustellen, wie alt ein Mensch werde.

Angelina erzählte, sie beherrsche die Antlitzdiagnostik. Sie könne an Augen und Ohren eines Menschen aufgrund des Gesundheitszustandes und der Lebensenergie einschätzen, wie viel Lebenszeit jemand noch habe.

Bierbauchs Frage, was sie getan hätte, wenn die Frau nur noch kurze Zeit zu leben gehabt hätte, konterte sie mit einer Gegenfrage:

»Hätten Sie es ihr gesagt?«

Bierbauch schwieg.

Es blieb keine Zeit mehr, die letzte Adresse aufzusuchen. Sie mussten auf die Beerdigung, die wie die Meierin gesagt hatte, vielleicht interessant werden konnte.

12. Kapitel

Eine Stunde später wurde in der Pfarrkirche von Bodenmais eine bewegende und zu tiefst rührende Messe gehalten. Danach folgte der Gräbergang zum Friedhof in der Ortsmitte, wo die Verstorbene die letzte Ruhe finden sollte. Die Trauergemeinde betete dabei den Rosenkranz. Angelina und Bierbauch mischten sich unter die zahlreichen Trauergäste.

Die Familie Bergmann war hoch angesehen. Ihr Immobilienimperium war zwar nicht ortsansässig, aber sie hatte ihren Wohnsitz seit langem in Bodenmais. Ihre imposante Villa war ein Eyecatcher für jeden, der vorbeifuhr. Die Bergmanns waren außerdem bis zuletzt im Ort sozial sehr engagiert und in zahlreichen Vereinen als Mitglieder vertreten gewesen. Jetzt war nur noch eine Einzige der Bergmannfamilie am Leben.

Die Baumstümpfe zweier Lindenbäume rahmten die schmiedeeiserne Eingangspforte des Friedhofs ein. Ihr enormer Durchmesser zeugte von der einstigen Größe der Bäume und ihrem nahezu Achtung gebietenden Alter. Aber nicht einmal diese Lindenbäume konnten der Vergänglichkeit standhalten, geschweige denn der irdischen Zeit trotzen.

Der geschlossene Sarg war bereits aufgebahrt, umrahmt von zahlreichen Totenkränzen. Grüne Teppiche umrandeten das ausgehobene Grab, um das sich die Trauernden versammelten.

Der Pfarrer machte ein letztes Kreuzzeichen, bevor der Sarg hinabgelassen wurde. Nina Bergmanns Gesicht war von Trauer gezeichnet. Sie wurde von einem Mann gestützt, der um einiges jünger war als sie, vermutlich erst Mitte oder Ende zwanzig.

Unter den allesamt dunkel gekleideten Menschen erkannte Angelina einige Schulkameraden vom Klassentreffen wieder. Vom Tonband erklang »Knocking on Heaven's door« von Guns'n Roses – vermutlich ein Wunsch der Verstorbenen.

Nacheinander legten die Leute Blumen auf den Sarg nieder. Auch Angelina schritt auf das Grab zu. Sie legte Lilien auf das Holz, in dem ihre frühere Schulkameradin ihre letzte Ruhe finden sollte.

Bierbauch zog es vor, sich im Hintergrund zu halten. Er stand mit verschränkten Armen an die Friedhofsmauer gelehnt. Auf die Beerdigung hätte er gut verzichten können, sie bereitete ihm Unbehagen. Als Kommissar hatte er Erfahrung mit Toten, aber zu derartigen Feiern ging er nur, wenn es unbedingt sein musste.

Bevor Angelina dem Grab den Rücken zuwandte, schaute sie noch kurz zu Nina. Diese schien etwas betäubt zu sein, als hätte sie kurz vorher noch Valium genommen. Angelinas Blick schweifte weiter zu den Männern um Nina herum. Da war nochmals der recht attraktive junge Mann, der anscheinend Ninas Lebensgefährte war, denn einen Bruder hatten die Bergmannzwillinge nicht. Angelina fiel auf, dass er eine teure Uhr, ein Schweizer Fabrikat, trug sowie einen Siegelring und eine Designerbrille, die eindeutig nicht von Fielmann war.

Dann waren da noch ein etwas kleinerer, ebenfalls noch sehr junger Mann, vielleicht zwanzig Jahre alt, sowie ein etwa zwei Meter großer Hüne, auch etwa Anfang zwanzig. Alle in Ninas direktem Umfeld waren also Männer, die wesentlich jünger waren als sie selbst. Waren sie das schlechte Milieu vor dem die alte Frau Meier Angelina gewarnt hatte?

Als Angelina ein paar Schritte auf Nina zumachte, rückten die drei Herren wie Drohnen, die ihre Bienenkönigin schützen, näher an Nina heran. Angelina wollte ausschließlich mit Nina sprechen, aber ihr Freund drängte sich vor und schob Nina zur Seite.

»Entschuldigen Sie, Frau …?«

In seiner Stimme schwang Arroganz mit.

»Weber ist mein Name«, gab Angelina zurück, »ich möchte gern ein paar Worte mit Nina wechseln.«

Nina schien von all dem gar nichts mitzubekommen. Sie starrte geradeaus ins Leere, als würde sie ihre Schulfreundin nicht mehr erkennen.

Ninas Freund schloss einen Moment die Augen, um seiner Entrüstung Ausdruck zu verleihen, und streckte dann theatralisch abwehrend die Arme gegen Angelina aus. Dabei öffnete er seine Handflächen, dass er aussah wie ein Priester bei der Wandlung während einer Messe.

»Frau Weber, Sie werden verstehen, dass meine Lebensgefährtin dazu jetzt nicht in der Lage ist. Morgen wäre ein besserer Zeitpunkt. Kommen Sie doch gegen fünfzehn Uhr bei uns vorbei!«

Angelina stimmte zu und da Nina weiter keinerlei menschliche Regung zeigte, wandte sie sich ab und ging zu Bierbauch, der immer noch an der Friedhofsmauer lehnte.

»Werfen Sie mal einen Blick auf die Jungs neben Nina!«

»Ist mir schon aufgefallen, der reinste Kindergarten«, kommentierte Bierbauch trocken.

»Was halten Sie davon, wenn wir noch ein bisschen warten?«

Bierbauch nickte mehrmals.

Die Männer wichen nicht von Ninas Seite. Als wären sie ihre Bodyguards geleiteten sie sie nach draußen.

Angelina musste wieder an die alte Meierin denken, die meinte, Angelina solle sich die Leute um Nina genauer ansehen.

Mit Bierbauch folgte sie dem Grüppchen zum Parkplatz. Zusammen mit ihrem Lebensgefährten und dem Hünen stieg Nina in einen Renault. Der Kleinste und zugleich Jüngste von ihnen schwang sich ein paar Meter weiter auf ein Motorrad – eine Ducati Diavel mit Regener Kennzeichen. Angelina und Bierbauch erkannten die Maschine gleichzeitig. Ohne ein Wort zu verlieren, hasteten sie zu ihrem Auto. Eile war geboten, wenn sie dem Motorrad folgen wollten. Vielleicht hatten sie endlich die Ducati des Verdächtigen vor sich und somit den Mörder von Karin.

13. Kapitel

Die Jagd nach dem potentiellen Mörder begann. Angelina und Bierbauch fuhren mit etwas Abstand hinter dem Motorradfahrer her. Er sollte nicht merken, dass sie ihm folgten, aber sie durften ihn auch nicht aus den Augen verlieren.

Er führte sie vom Marktzentrum durch schmale Straßen und Gassen von Bodenmais.

Bierbauch war hinter seinem Lenkrad wild entschlossen, die Ducati nicht entwischen zu lassen, koste es, was es wolle. Angelinas angespannte Blicke bestärkten ihn noch darin.

Das Motorrad führte sie einige Steigungen hoch. Dort oben lag noch etwas Schnee. Bierbauch fragte sich, ob der Fahrer bereits Verdacht geschöpft hatte. Ahnte er bereits, dass man ihm dicht auf den Fersen war?

Nach etwa zehn Minuten steiler Fahrt tauchte ein Gasthaus auf. Hartnäckig heftete sich Bierbauch dem Motorradfahrer an die Fersen. Inzwischen fuhr er ziemlich nah auf.

Und dann war klar, dass sie aufgeflogen waren. Der Gejagte hatte sie zu den Silberstollen geführt. Für Autos war hier Endstation. Nur ein schmaler Fußweg führte am Bergstollen entlang und Angelina und Bierbauch mussten zusehen, wie der Motorradfahrer dort ungehindert weitersauste, bis er außer Sichtweite war. Es war zu ärgerlich, aber sie mussten die Verfolgung aufgeben.

Langsam stiegen sie aus und näherten sich der Gaststätte Bergmannschänke am Silberberg.

Angelina fühlte sich erschöpft und so betraten sie das Gasthaus. Bierbauch bestellte für sie beide einen Kaiserschmarrn, die Spezialität des Hauses, damit sie wieder zu Kräften kamen.

Das Haus auf dem Berg war überwiegend aus Holz gebaut, aber sehr geräumig mit hohen Decken. Alles wirkte recht neu und es herrschte eine angenehme Atmosphäre.

Im Gegensatz zu Angelina, die vor ihrem Kaiserschmarrn kapitulierte und einen Rest auf dem Teller übrig ließ, schmeckte er Bierbauch so gut, dass er am liebsten noch einen Teller voll verdrückt hätte.

Angelina brauchte nicht nur Essen, um sich zu stärken. Die Beerdigung war ihr mehr an die Nieren gegangen, als sie es sich eingestehen wollte. Nur zu gerne hätte sie sich jetzt in ihre Kaser Steinstube zurückgezogen, um zu meditieren. Aber die Steinstube war gute zwei Stunden Autofahrt entfernt.

Da erinnerte sich Bierbauch, dass es auch in der Nähe des Silberbergs eine besondere Stelle, einen Kraftort gab, doch der Name wollte ihm nicht mehr einfallen. Als die Bedienung nochmals an ihren Tisch kam, fragte er sie danach.

»Es gibt doch hier einen Kraftort?«

»Ja, wir haben hier mehrere tolle Plätze«, antwortete die junge Frau freundlich.

Damit war Bierbauch nicht zufrieden. Er hatte da an etwas eher Außergewöhnlicheres gedacht.

»Ich meine da so einen Felsen. So viel ich weiß, steht er in einem Wald.«

»Sie meinen bestimmt den Teufelsfels, also den Riederinfelsen!«

Angelina blickte gespannt zwischen Bierbauch und der Bedienung hin und her.

»Ja, genau«, jetzt war Bierbauch sich sicher, »Riederinfelsen hieß er.«

»Man hört wahre Wunder davon«, erzählte die junge Frau weiter, »die Leut' sagen, er kann Kranke heilen, wenn man ihn besteigt. Und das stimmt auch. Ich sag' Ihnen, meiner Schwester ging's mal gar nicht gut, sollte sogar operiert werden …«

Jetzt wurde die Hexe hellwach, mit großen Augen lauschte sie den Worten der blonden Frau. Diesen Kraftort musste sie aufsuchen. Hatte nicht Susanne auch erwähnt, dass sie in Bodenmais einen neuen Kraftort finden würde? Dieser Gedanke kam Angelina jetzt wieder in den Sinn. Fast hätte sie das bei der ganzen Hetzjagd nach dem Mörder vergessen.

»Nachdem meine Schwester einen Tag da droben verbracht hat, fühlte sie sich schon wohler«, plauderte die Bedienung weiter, »sie ging immer wieder hin und nach einem Monat fielen dem behandelnden Arzt fast die Augen aus, sag' ich Ihnen, als er das Röntgenbild von ihr sah. Sie musste nicht mehr operiert werden, weil sie geheilt war!«

Diese Geschichte hörte sich mehr als vielversprechend an. Angelina wollte den Felsen auf der Stelle sehen.

»Wie weit ist er denn von hier entfernt?«

Die Bedienung stützte ihre Hände in die Hüfte.

»Seid's ja eh mit dem Auto da … Ja, nicht länger als eine halbe Stunde.«

Angelina wurde immer zuversichtlicher, dass ihre Kraft wieder zurückkommen würde, falls der Felsen hielt, was man über ihn sagte. Sie bedankte sich und bezahlte für Bierbauch mit. Die freundliche Bedienung erklärte ihnen noch den Weg und dann machten sich die »Bodenmaistouristen auf wichtiger Mission« auf den Weg.

Im Auto stellte Bierbauch vorsichtshalber das Navigationsgerät an und gab Richtung und Straße ein, die ihnen genannt worden waren. Die Fahrt ging Richtung Zwiesel, dann durch das ihnen bereits bekannte Marktzentrum von Bodenmais und nach ein paar Kilometern waren sie an dem Waldstück angekommen. Jetzt ging es zu Fuß weiter bergauf. Angelina atmete die herrliche Waldluft ein und warf dabei immer wieder einen Blick zu Bierbauch hinüber. Sie war neugierig, wie sich der Polizeibeamte außer Dienst konditionell schlagen würde. Zu ihrer Überraschung machte ihr Partner einen fitten Eindruck. Was ein bisschen Sport und ein Leben ohne Alkohol und ohne Zigaretten doch für einen positiven Effekt haben! Zwar wollte Angelina den Alkohol nicht ganz verteufeln, denn schließlich gönnte sie sich auch gelegentlich ein Glas Rotwein, der gesund fürs Herz ist. Auch die gesundheitsfördernde Wirkung mancher Kräuterliköre war ihr bekannt.

Etwa zehn Minuten marschierten sie so dahin und dann sahen sie ihn.

Angelina blickte nach oben. So etwas hatte sie noch nicht gesehen.

»Schau dir das an!«, staunte Bierbauch.

»Wieso hat die Bedienung den Felsen denn zuerst Teufelsfelsen genannt?«, fragte Angelina.

»Soweit ich weiß, geht das auf eine Sage zurück«, erinnerte

Bierbauch sich, »der Teufel selbst soll versucht haben, einen nahe liegenden Fluss mit Hilfe von Felsen aufzustauen, um ein Hochwasser zu erzeugen. Aber es ist ihm nicht geglückt, weil ihm ein Felsen heruntergefallen ist, der Riederinfelsen nämlich. Seit jenem Tag steht der Teufelsfelsen jetzt hier im Wald, heißt es.«

Langsam ging Angelina auf den neuen Kraftort zu.

»Welcher Stein ist das nur?«

»Das ist Granit«, wusste Bierbauch wieder, »aber ich kann nicht sagen, welcher. Jedenfalls scheint es auch ein Kletterfelsen zu sein.«

Angelina näherte sich respektvoll dem rund fünfzehn Meter hohen rauen Fels. Mit ihren Händen berührte sie ihn und glitt mit den Handinnenflächen darüber, als würde sie ein Pferd streicheln, bevor sie sich in seinen Sattel schwang.

Der Riederinfelsen war von drei Bäumen umgeben, rechts von ihm ragten zwei in die Höhe und auf seiner linken Seite einer. Eine steile Metalltreppe war an der Felswand befestigt und lud die Hexe und ihren Gefährten geradezu ein, hinaufzusteigen.

Die Sonne brach durch das Waldstück und verlieh dem grauen Granit-Gneis einen mystischen Glanz.

Angelinas Blick schweifte vom Felsen zu Bierbauch, der aber schüttelte nur den Kopf. Sie würde ohne ihn hinaufsteigen müssen. Was die Hexe nicht wusste, war, dass der Kommissar an Höhenangst litt. Deshalb beobachtete er lieber aus sicherer Entfernung, an einen dicken Baum gelehnt, was die Hexe nun so trieb.

»Sie sind die spirituell begabte Hexe, nicht ich!«, rief er ihr zu.

Angelina nickte und ihr Gesicht hellte sich auf. Vielleicht würde sie dort oben eine besondere Kraft spüren, fern von zu Hause. Vielleicht würde sie eine ganz außergewöhnliche Erfahrung machen. Sie wollte unbedingt diesen Kraftort erkunden. Vorsichtig kletterte sie die Leiter hoch und erreichte einen etwa zwei Meter langen Vorsprung, der mit einem Geländer abgesichert war, an dem sie sich gut festhielt, da sie mit ihren Birkenstocksandalen schlecht Halt fand. Aber sie schaffte es, bis ganz hinauf zu klettern.

Oben angekommen erwartete sie eine einzigartige Aussicht auf Bodenmais und ins Zellertal. Auf der Oberfläche des Riederinfelsens befand sich eine Mulde. Angelina stellte sich dort hinein und schloss die Augen. Die Luft war frisch und wohltuend. Eine innere Ruhe kehrte in sie ein und sie wurde sofort gelassener. Sie hatte in diesem Moment nicht sagen können, ob es etwas mit dem Kraftort zu tun hatte oder ob sie einfach endlich etwas zur Ruhe kam. Wie auch immer, sie konnte langsam wieder klar denken und frei atmen.

Es vergingen ganze drei Stunden. Bierbauch wurde langsam unruhig. Gelegentlich warf er einen Blick auf seine Armbanduhr, wagte aber nicht, nach Angelina hinauf zu rufen. Er wollte die Mordshexe nicht stören, sie sollte in Ruhe Kraft tanken können. Hätte der Granit keine positive Wirkung auf seine Begleiterin, wäre sie sicher schon längst wieder herabgestiegen, dachte er. Obwohl er selbst dort unten immer flatteriger wurde, nahm er Rücksicht auf die Hexe. Noch vor einem Jahr wäre das für ihn unvorstellbar gewesen.

Angelina fühlte sich bereits viel wohler und war langsam wieder bereit, hinabzusteigen. Als sie einen halben Meter Felsunterschied überwinden wollte und den Fuß nach unten in Richtung Vorsprung streckte, fiel das Tuch mit Karins Fingernagel darin aus ihrer Westentasche. Sie griff sofort danach, damit der Wind das Tuch mit ihrem eingewickelten Beweisstück nicht fortfegen konnte, aber es war zu spät, der Fingernagel war weg.

»Mist!«, schrie sie voller Enttäuschung so laut, dass Bierbauch es unten hören konnte.

»Was ist passiert?«, rief er besorgt hinauf.

Doch er erhielt keine Antwort.

Angelina atmete ein paar Mal langsam tief durch, um sich wieder zu fangen und die herbe Enttäuschung von sich abzustreifen. Da schossen ihr plötzlich Gedankenblitze durch den Kopf. Was sie kaum zu hoffen gewagt hatte, geschah: Sie hatte eine Vision. Es waren drei Bilder, die kurz vor ihrem geistigen Auge erschienen.

Obwohl es so schnell ging, waren die Bilder für sie deutlich erkennbar.

Das erste Bild zeigte eine Szene von ihrem Klassentreffen. Karins Hand griff noch kurz nach dem Handlauf der Brüstung, wurde aber gewaltsam von jemandem weggezerrt. Dabei brach der Fingernagel ab.

Das zweite Bild zeigte Angelina seltsamerweise irgendwelche

Tabletten und das dritte Bild ließ ihr einen kalten Schauer den Rücken hinunterlaufen. Sie sah Dunkelheit, graue Mauern, Folterwerkzeuge wie aus dem Mittelalter und Gitterstäbe. Sie sah einen Ort von unerträglicher, grauenhafter Stille. Vielleicht war es eine Burgruine, aber sie war sich nicht sicher. Für einen Moment flößte ihr dieses Bild solche Furcht ein, dass sie schützend die Hände vors Gesicht hielt.

Dann war das Spektakel vorbei.

Langsam kletterte sie die steile Treppe wieder hinab.

Unten empfing sie ein ungeduldiger Bierbauch, der sofort wissen wollte, wie es gewesen war.

»Es ist tatsächlich ein Kraftort«, bestätigte Angelina.

Bierbauch nickte zufrieden.

»Na, dann packen wir's wieder!«

Sie klammerte sich an seinen Oberarm fest.

»Und was für ein Kraftort!«

Bierbauch hielt inne.

Es war still, nur die Vögel zwitscherten. Das taten sie auch vorher, aber jetzt fiel es Angelina erst richtig auf. Es gibt Augenblicke, in denen die Sinne besonders geschärft sind und dies war ein solcher Moment für die Mordshexe. Sie fühlte sich stark und voller Energie. Das Hinabsteigen der steilen Treppe und ihre Vision hatten ihrem Körper einen gewaltigen Adrenalinstoß versetzt. Sie war richtig »cool drauf«, wie ihre Freundin Yvonne es gern nannte.

»Ich hab' jetzt meine ganz persönliche Bestätigung, dass Karin getötet wurde!«, sagte sie zu Bierbauch. Den verwunderte es im Grunde nicht, dass es der Hexe wieder besser ging. Sie war im Wald, der ihr so viel bedeutete, sie hatte einen neuen Kraftort gefunden und anscheinend auch noch eine Vision gehabt. Aber half ihnen das, den Täter zu finden? Mit etwas Zynismus in seiner Stimme neckte er: »Und, haben Sie gesehen, wer's war?«

»Leider nein.«

Etwas anderes hatte Bierbauch auch nicht erwartet, obwohl er der Hexe inzwischen doch so einiges zutraute.

»Aber ich habe Bilder gesehen!«, fuhr Angelina fort.

»Das Gesicht des Mörders?«

Bierbauch machte es offensichtlich Spaß, sie etwas aufzuziehen. Die Frau mit den feuerroten Haaren machte aber auch ein so herrlich betroffenes Gesicht, als hätte sie tatsächlich ein schlechtes Gewissen, weil sich der Täter nicht in ihrer Vision gezeigt hatte. Das kostete Bierbauch aus.

»Warum haben Sie nur keine Vision, wo eindeutig der Täter zu sehen ist?«, neckte er weiter.

»Das ist eine gute Frage«, Angelina war richtig schuldbewusst. »Das ist eben nicht so einfach!«

Sie hatte sich diese Frage auch schon gestellt. Nun erzählte sie Bierbauch von den Bildern, die sie gesehen hatte und auch er war ratlos darüber, was die Tabletten und der Kerker mit Karins Tod zu tun haben sollten. Waren es Bilder aus der Vergangenheit oder der Zukunft?

Aber die beiden waren zuversichtlich, dass sie es noch herausfinden würden.

Gemeinsam verließen sie den Kraftort und machten sich auf den Rückweg zu ihrem Auto.

Der Tag neigte sich schon dem Ende zu. Im Hotel Bergknappenhof ergatterten die beiden Schnüffler die beiden letzten Einzelzimmer. Bierbauch fiel sofort müde in sein Bett, während Angelina im Nachbarzimmer nur wenige Stunden Schlaf fand. Zu vieles beschäftigte sie. Am liebsten hätte sie die Rätsel, die ihr die Vision auferlegt hatte, noch in derselben Nacht geknackt. Sie fragte sich, was wohl der nächste Tag für ihre Ermittlungen bringen würde.

Spät in der Nacht kam in Bodenmais Frau Meiers Enkel nach Hause und stellte sein Motorrad in der Einfahrt ab. Es war die Ducati Diavel, die Angelina und Bierbauch verfolgt hatten. Betrunken taumelte der Zwanzigjährige auf die Haustür zu. Er klingelte Sturm. Es war bereits nach Mitternacht und er hatte keinen Schlüssel. Aufgebracht polterte er mit den Händen gegen die renovierungsbedürftige Haustür.

Erst nach einer Viertelstunde ging die Tür auf. Seine Oma starrte ihn vorwurfsvoll an. Lallend schob der junge Mann die alte Frau zur Seite, nahm seinen Helm ab und knallte ihn im Flur so auf eine Kommode, dass er darauf noch eine Weile hin und her wackelte – nicht anders als sein Besitzer. Der schwankte gewaltig, starrte einen Moment in den Spiegel über der Kommode und versuchte sich mit der Hand grob sein Haar zu ordnen.

»Wo hast du dich nur wieder rumgetrieben, Hansi?«, keifte die alte Meierin mit schriller Stimme, »was ist nur in dich gefahren?«

Müde schüttelte sie ihren Kopf über ihren missratenen Enkel und versuchte, ihm das verstrubbelte Haar glatt zu streichen.

Der junge Mann schüttelte ihre Hände ab und suchte sein Heil in der Flucht in sein Zimmer.

»So geht das doch nicht mehr weiter, Hansi!«, jammerte die alte Frau.

»Sei still, du alte Kuh!«, lallte es durch die bereits verschlossene Zimmertür.

Hansi ließ sich aufs Bett fallen und ohne aus seiner Lederkluft zu schlüpfen, schlief er auf der Stelle ein.

14. Kapitel

Frühmorgens klopfte es an Bierbauchs Hotelzimmertür. Als er schlaftrunken im Pyjama öffnete, stand Angelina schon fertig angezogen vor ihm.

»Einen schönen guten Morgen, Herr Kriminaler!«

Für sie konnte der Tag beginnen und die Ermittlungen unverzüglich wieder aufgenommen werden.

Bierbauch hingegen war noch schläfrig und ungenießbar.

»Nur nicht übermütig werden, Hexe! Holen Sie sich einen Besen aus der Kammer und fliegen ein paar Runden um Ihren Teufelsfelsen und lassen mich noch schlafen!«

Schlaftrunken rieb er sich die Augen, trottete zurück zu seinem Bett und zog sich sein Betttuch wie einen undurchdringlichen Schutzschirm über den Kopf.

Angelina aber ließ nicht locker und machte sich daran, seinen Schutzschirm zu durchbrechen. Mit einem Ruck zog sie ihm das Betttuch weg.

»Sie sind wirklich nicht zu ertragen!«, brummte Bierbauch gähnend. »Wie viel ist es denn überhaupt?«

»Die Kirchturmuhr hat sieben Mal geschlagen.«

Angelina trug keine Armbanduhr, nur eine Bernsteinkette und auffallende Ringe. Sie hatte ihr Leben noch nie wie andere auf die Zeit ausgerichtet und das musste sie auch nicht. Darin war sie ganz eigen. Wenn sie unbedingt die Uhrzeit wissen musste, konnte sie auf ihrem I-Phone nachsehen – das hatte sie aber erst seit dem letzten Jahr.

»Na gut«, Bierbauch gab sich geschlagen, »ich werde jetzt aufstehen. Aber dann zeig' ich Ihnen mal was von Bodenmais, wenigstens was ich noch in Erinnerung habe. Der Mörder wird uns schon nicht davonlaufen.«

Da war Angelina aber anderer Meinung.

»Da bin ich mir nicht so sicher. Denken Sie an den Motorradfahrer, der hat uns ganz schön ausgetrickst. Nächstes Mal müssen wir schlauer sein!«

»Wenn's überhaupt der Motorradfahrer gewesen ist. Oder haben Sie in Ihrer Vision das Motorrad gesehen?«, höhnte der suspendierte Kommissar.

Angelina aber ließ sich nicht beirren. Der Motorradfahrer war für sie der Hauptverdächtige und sie war sich fast sicher, dass er der Mörder war.

Mit verschränkten Armen stellte sie sich an die Tür und wippte ungeduldig mit ihrem Fuß. Jetzt war es endgültig vorbei mit Bierbauchs Ruhe. Er wäre schon zufrieden gewesen, wenn sie ihm wenigstens noch ein paar Sekunden gegönnt hätte – oder zumindest ein paar Stunden ohne Hektik. Schicksalsergeben schlurfte er Richtung Badezimmer.

»Um den Täter zu finden, müssen wir das Umfeld des Opfers betrachten«, murmelte er vor sich hin und hoffte inständig, dass sie ihm endlich einmal Recht geben würde.

Und Angelina willigte ein.

»Am Nachmittag sind wir bei Nina. Sie kann uns sicher mehr erzählen! Der Motorradfahrer war ja in ihrem Umfeld! Nina kennt ihn und wird uns zu ihm führen. Glauben Sie mir Bierbauch, unser Motorradfahrer ist der, den wir suchen. Er ist der Mörder von Karin Bergmann.«

»Wenn Sie meinen! Und bis dahin zeig' ich Ihnen einen Platz hier in Bodenmais, der für mich etwas ganz Besonderes darstellt.«

Da wurde Angelina doch neugierig.

»Was für einen Platz denn?«

»Den Urwald! Dort werden Sie endlich mal eine gescheite Vision haben und auch mal ein Gesicht dabei sehen – vielleicht sogar den Mörder!«, antwortete Bierbauch nicht ohne einen Hauch von Sarkasmus.

Evelyn Meier und ihr Enkel saßen um die Mittagszeit beim Essen. Es gab Nudelsuppe. Hansi war noch so verkatert, dass er kaum die Augen offen halten konnte. Das Tageslicht schmerzte seine übernächtigten Augen. Er hatte immer noch seine Lederklamotten an und stocherte wortlos wie ein Angler, der seinen Köder verloren hat, in seiner Suppe herum.

Seine Großmutter konnte das kaum mitansehen. Sie war verärgert. Er hatte ihr einiges zugemutet – vielleicht auch zu viel.

»Such dir endlich eine Arbeit«, schimpfte sie, »bewirb dich doch bei Joska Glas! Das sind nette Leute, da hab' ich früher auch gearbeitet. Wenn ich da ein Wort sage, nehmen sie dich vielleicht.«

Stur starrte Hansi auf seinen Teller und rührte in den Nudeln herum.

»Lass mich!«

Aber seine Großmutter gab keine Ruhe.

»Sie suchen nach dir! Und sie kriegen dich auch!«

Der Bengel horchte auf.

»Wer sucht mich?«

»Eine rothaarige Frau und ein Mann in einem grauen Mantel – so einem Mantel wie ihn der Columbo im Fernsehen immer an hat. Sie haben mich gestern befragt.«

»Bullen?« Jetzt hatte ihm seine Oma Angst gemacht.

»Kann sein!«

»Wenn Sie wieder kommen, halt bloß die Klappe!«, herrschte er sie panisch an und als sie noch etwas sagen wollte, stürzte er auch schon davon. Im Flur riss er seinen Helm von der Kommode und warf die Haustür hinter sich zu.

Draußen fuhr er sich nervös durchs Haar. Dann zog er sein I-Phone aus der Hosentasche und tippte hastig eine Nummer ein. Misstrauisch sah er auf die Haustür, damit seine Großmutter ihm nicht folgte oder gar lauschte. Sicherheitshalber ging er ein paar Meter weg und stand direkt neben seinem Feuerstuhl, der Ducati Diavel.

»Du, ich muss dich sprechen, ganz dringend!«, brüllte er ins Telefon.

Seine Hand zitterte. Er konnte kaum sein Handy halten.

»Ich hab' keine mehr! Schau, dass Harald heut' noch ein paar für mich auftreibt, bitte!«

Dann schwang er sich auf seinen Boliden, stülpte sich seinen Helm über, drehte den Gashahn voll auf und flitzte über den Gehweg hinaus auf die Straße.

15. Kapitel

Bierbauch hatte Angelina immer noch nicht verraten, wohin sie fahren würden.

Er steuerte den Wagen wieder in ein Waldgebiet. Zuletzt war er vor zehn Jahren mit seiner mittlerweile verstorbenen Frau Edeltraud an diesem Platz gewesen.

Sie waren im Riesloch angekommen. Bierbauch führte sie zum Hochfall, dem zweitgrößten Wasserfall des Bayerischen Waldes.

Dort gab es wirklich einen Urwald, wie er es Angelina versprochen hatte.

Eine mannigfaltige Tier- und Pflanzenwelt lag vor ihnen. Unter gewaltigen, umgeknickten Baumstämmen, die quer übereinander lagen, wuchsen schon wieder neue Bäume heran. Die Natur war hier ganz sich selbst überlassen, unberührt von Menschenhand.

»Wenn man mich fragt, hat Bodenmais seinen Titel als heilklimatischer Kurort vor allem wegen dem hier verdient!«, sagte Bierbauch.

Angelina nickte fasziniert. Das Rauschen des Wasserfalls war so laut, dass es eine Unterhaltung fast unmöglich machte. Die riesigen Wassermengen ließen sich nicht durch die Gneisblöcke aufhalten und bahnten sich tosend ihren Weg. Über die Jahrtausende hatte der Wasserfall sich in den Gneis gemeißelt und wannenartige Rinnen herausgeschliffen.

Angelina konnte sich gut mit dem Wasserfall identifizieren. Hatte sie sich etwas in den Kopf gesetzt, war sie ebenso stürmisch und unaufhaltsam wie das Wasser, das Kraftvollste aller Elemente, das Leben aber auch Zerstörung bringt. Angelina war wie Wasser, das sich geduldig mit reißerischer Kraft in härtestes Felsgestein schneidet. Mit der Zeit einen Pakt geschlossen, schafft das Wasser jedes Hindernis beiseite, höhlt jeden Stamm und jeden Damm.

Angelina würde Karins Mörder finden, egal wie lange es dauern mochte.

Auch Bierbauch stand beinahe andächtig vor dem wunderbaren Naturschauspiel.

»Hier war ich mal mit meiner Frau«, sagte er wehmütig mehr zu sich als zu Angelina. Sie stand so nah bei ihm, dass sie seine Worte trotz des Wassergetöses hören konnte. Bierbauchs Augen wurden feucht. Mit gesenktem Kopf starrte er zu Boden.

Sanft legte Angelina ihre Hand auf seine Schulter und holte ihren Begleiter damit aus seinen traurigen Gedanken heraus.

»Was für eine erfrischende Luft!«, sagte sie lächelnd.

Bierbauch nickte ihr dankbar zu.

»Hierher kommen einige mit Atembeschwerden, weil die Luft so rein ist.«

Dann schwiegen sie beide und erfreuten sich still an dem Anblick dieser ganz eigenen Welt.

Sie blieben den ganzen Vormittag und keiner von ihnen erwähnte Karin und ihren Mörder.

Mittags kehrten sie im nahe gelegenen Hotel Waldesruh ein. Diesmal ließ Angelina nichts auf ihrem Teller übrig. Der Aufenthalt im bayerischen Dschungel hatte sie hungrig gemacht.

Danach fühlte sie sich körperlich und geistig gerüstet für die Nachmittagsaufgabe, den Besuch bei Karins Schwester Nina.

16. Kapitel

Das Anwesen der Bergmanns lag etwas außerhalb von Bodenmais. Angelina und Bierbauch staunten nicht schlecht, als sie die Villa sahen. Nina Bergmann lebte darin jetzt allein. Die Eltern der Bergmannzwillinge waren beide schon länger tot und ihre alte Großmutter war vor ein paar Wochen verstorben. So hatte es die alte Meierin Angelina erzählt.

Anstelle von Nina öffnete ihnen aber der junge Mann, mit dem Angelina auf dem Friedhof schon kurz Bekanntschaft gemacht hatte, die Tür. Er stellte sich diesmal kurz als Richard und Ninas Lebensgefährte vor und bat sie herein. Angelina registrierte sein teures graues Markenjackett. Er schien hier nicht schlecht zu leben.

Der Fußboden im Eingangsbereich war aus weißem Carrara-Marmor. Von der Decke hing ein großer, vergoldeter Kronleuchter und teure Gobelins zierten die Wände. Weitläufige Treppen führten zu den oberen Räumen. Angelina erschrak beinah vor einem zwei Meter großen nackten Mann, der aber nur eine Steinstatue war. Richard führte die Gäste in den Salon, in dessen Mitte ein riesengroßer Berberteppich lag und hieß sie auf einem Chesterfield Sofa Platz nehmen. Er selbst machte es sich im dazugehörenden Sessel bequem.

»Endlich kommt der Frühling! Ich habe den Winter auch langsam satt«, plauderte er erst unverfänglich los und wandte sich dann an Angelina.

»Sie kannten die Schwester meiner Lebensgefährtin gut?«

Angelina war leicht verärgert. Eigentlich wollte sie die Fragen stellen. Sobald Karins Schwester käme, würde sie das aber noch tun. Wo blieb Nina eigentlich?

Ehe Angelina noch auf Richards Frage antworten konnte, machte der mit seinen Floskeln weiter.

»Endlich wieder wärmere Temperaturen! Neulich war ich ja auf Sylt … Ach, entschuldigen Sie, kann ich Ihnen denn etwas anbieten?«

Bierbauch lehnte ab, aber Angelina hielt es für eine gute Idee, den Mann zu beschäftigen, bis Nina kam.

»Wenn Sie einen Tee haben, gern. Aber nur, wenn's keine Umstände macht.«

»Sie trinkt ständig Tee!«, erklärte Bierbauch.

Der junge Mann hatte auch gleich mehrere Sorten zur Auswahl, aber Angelina entschied sich natürlich wieder für die gute alte Kamille. Eifrig verschwand der Mann dann, vermutlich in die Küche, wo auch immer die war.

Bierbauch blieb auf der Couch sitzen, während Angelina sofort aufsprang.

»Warten Sie! Ich helfe Ihnen …«, rief sie ihm noch hinterher, aber er war schneller als sie und hörte sie nicht mehr. Angelina hätte zu gern die Gelegenheit genutzt, um ein bisschen im Haus herumzukommen. Am liebsten wäre sie durch das ganze Haus gesaust und hätte gleich nach Spuren gesucht.

Jetzt wollte sie sich wenigstens etwas im Salon umsehen. Auf einer Kommode entdeckte sie ein Bild der verstorbenen Eltern. Von Karin gab es noch kein Foto mit Trauerflor.

Bierbauch kratzte sich unterdessen wieder den Hinterkopf und dachte laut: »So viel Geld könnte mir auch gefallen.«

Es dauerte nicht lang und Ninas Freund kam mit einer Kanne heißem Wasser und zwei Tassen mit Teebeuteln darin zurück.

»Wird sich Nina nicht auch zu uns gesellen?«, überfiel ihn Angelina ungeduldig.

Ohne zu antworten stellte er in aller Ruhe das Tablett ab, aber Angelina ließ nicht locker.

»Sie haben uns doch deswegen eingeladen!«

»Nina fühlt sich heute nicht wohl. Sie liegt im Bett. Ich soll Ihnen liebe Grüße von ihr bestellen. Sie hofft auf Ihr Verständnis. Karins Selbstmord ist ja auch eine Tragödie …«

»Wie konnte es denn dazu kommen?« Angelina wurde richtig ungeduldig.

Richard lehnte sich entspannt zurück, ging für einen Moment in sich und sagte dann, dass Karin sich in letzter Zeit schon etwas komisch verhalten hätte.

Angelina wollte wissen, ob sie deswegen in Behandlung gewesen sei, und er bejahte das. Als Angelina aber nach dem Namen des Arztes fragte, zögerte er mit der Antwort und dann wollte ihm der Name einfach nicht mehr einfallen. Sein Blick verfehlte dabei mit Absicht seine Gäste und er starrte stattdessen auf den goldenen Kronleuchter an der Salondecke.

»Wann kann ich mit Nina denn sprechen?«, verlangte Angelina zu wissen, »Morgen? Morgen wird's ihr doch sicher etwas besser gehen?«

Der Mann nickte und beugte sich etwas näher zu Angelina hinüber.

»Sie fragen recht gern, wie?«

Dann nippte er kurz an seiner Tasse und forderte Angelina höflich auf, auch ihren Tee zu trinken. Sie starrte angewidert auf den Teebeutel und redete sich damit heraus, dass der Tee noch ein paar Minuten ziehen müsse.

Bierbauch lehnte mit ausgebreiteten Armen auf der Couch und beobachtete die beiden.

»Das Leben ist ja so kurz«, unkte Richard.

»Ja, und manche verlassen uns viel zu früh – wie Karin!«, konterte Angelina.

Richard aber wusste, wie er geschickt wieder von dem eigentlichen Thema abschweifen konnte.

»Sie haben ja so Recht. Diese Erfahrung mache ich immer wieder. Da reißt der Tod völlig unerwartet einen lieben Menschen aus unserer Mitte, die Schwester oder den Ehemann … und dann steht der Lebenspartner oft plötzlich ohne jede finanzielle Absicherung da. Das ist doch wirklich schlimm!«

Angelina war perplex und verärgert zugleich.

Woher nahm der Mann nur die Frechheit von finanzieller Absicherung zu reden?

»Wie meinen Sie das?«

»Da hatte ich doch neulich so einen Fall! Da tauchen dann auf einmal Hypotheken auf, die der Mann aufgenommen hatte, ohne dass seine Frau es wusste. Und die arme Frau steht vor dem Nichts, nicht einmal eine Lebensversicherung hatte der Mann abgeschlossen. Dabei gibt es schon so günstige Tarife!«

Angelina hörte mit zusammengekniffenen Augen zu. Ihre schöne Stirn hatte sie in tiefe Falten gelegt, wie es immer der

Fall war, wenn sie jemand überhaupt nicht ausstehen konnte. Ninas Lebensgefährte war ihr unsagbar unsympathisch.

»Was machen Sie denn beruflich?«, verlangte sie zu wissen.

»Ich helfe den Leuten, dass so etwas nicht passieren muss.« Richards Lächeln wirkte sehr aufgesetzt. »Sie beide sind doch ein Paar?«

Spontan nickte sie. Dabei glitt ihre Hand sanft über die von Bierbauch.

»Ja, sind wir!«, bestätigte sie mit einem Augenaufschlag in Richtung Bierbauch. Der wusste gar nicht, wie ihm geschah.

Angelina setzte dem Ganzen noch eins drauf.

»Glücklich verheiratet seit fünfzehn Jahren!« Damit drückte sie Bierbauch einen dicken Schmatzer auf die Wange.

Bierbauch verschluckte sich beinah vor Schreck. Dann aber spielte er mit.

»Ja, mein Schatz!«, lächelte er, zog sie ruckartig zu sich heran und verpasste ihr einen richtigen Kuss. Jetzt war Angelina perplex und die beiden wieder quitt.

»Wie sieht es bei Ihnen aus? Brauchen Sie nicht auch eine wirklich solide und günstige Lebensversicherung? Ich hätte da ganz neue Tarife …«, unterbrach Richard das traute Glück.

Angelina kochte innerlich vor Wut. Zum Teebeutelteetrinken verspürte sie nicht die geringste Lust und das schlug jetzt dem Fass den Boden aus. Besaß dieser Mensch doch tatsächlich die Unverfrorenheit, ihnen eine Versicherung andrehen zu wollen.

»Ich müsste auf die Toilette!«, wechselte sie das Thema.

»Da raus, dann den langen Gang immer geradeaus und die rechte Tür!«

»Das find ich schon!«

»Ich muss auch …«, Bierbauch wollte ebenso aufstehen, wurde aber sanft von Angelina zurück auf die Couch gedrückt.

»Schatz, frag doch bitte noch, wo es hier einen Kraftort gibt!«

»Wir waren doch …«, Bierbauch wollte schon weiterreden, doch dann stoppte er. Er hatte begriffen, dass Angelina etwas vorhatte.

Schon war die Hexe aus den Augen der beiden Männer verschwunden.

»Wir haben gehört, es soll hier Orte geben, die wahre Wunder bewirken können …«, setzte Bierbauch das Gespräch mit Richard fort.

»Wir haben hier in Bodenmais in der Tat sehr interessante Flecken. Ob sie Wunder bewirken können, weiß ich nicht. Die Leute reden halt sehr viel darüber …«

Es stellte sich heraus, dass Richard nicht viel von Kraftorten hielt. Bierbauch hingegen erzählte alles, was er darüber wusste, nur um Zeit zu schinden.

Er verwickelte Richard immer weiter in das Gespräch, um der Mordshexe Zeit zu verschaffen, wenn er auch nicht wusste für was. Allzu viel Zeit hatte sie aber nicht.

Auf einmal begann Richard mit unangenehmen Fragen.

»Warum stellen Sie mir eigentlich so viele Fragen? Was machen Sie denn beruflich? Das würde mich mal interessieren!«

Bierbauch war erfahren genug, um zu wissen, wie er der Frage ausweichen konnte, doch da kam Angelina schon zurück.

»Mein Dieter ist bei den Stadtwerken angestellt!«, antwortete sie an seiner Stelle und forderte ihn geschäftig auf: »Komm, wir müssen jetzt aufbrechen, Hasibärli!«

Sichtlich verwundert über diesen übereilten Aufbruch, wollte der Gastgeber unbedingt noch wissen, ob seine Gäste vorhatten noch in Bodenmais zu bleiben.

Bierbauch war gerade im Begriff ja zu sagen, aber Angelina würgte ihn ab.

»Nein, wir werden wieder nach Hause fahren. Es wartet so viel Arbeit daheim ... Die Katzen! Herzi ist schon wieder trächtig. Sie kann jeden Moment werfen!«

Verschwörerisch zwinkerte sie dabei Bierbauch zu.

Der konnte das Verhalten seiner Partnerin nicht ganz nachvollziehen und zog ein entsprechend fragendes Gesicht. Was hatte die Hexe nur angestellt?

So brachen sie also eilends auf. Richard begleitete die beiden nach draußen.

»Richten Sie bitte Nina die besten Grüße von mir aus, sobald sie wach ist!«, verabschiedete Angelina sich und trieb dann Bierbauch eilig vor sich her.

»Kommen Sie schon!« Sie schien nur darauf bedacht zu sein, schnellstmöglich wegzukommen.

»Was ist nur mit Ihnen los?«, nörgelte Bierbauch, »haben Sie eine Sprengladung gelegt? Ich hätte noch reichlich Fragen an den jungen Herrn gehabt.«

»Damit unsere Tarnung auffällt? Nein! Glauben Sie mir, ich weiß, was ich tue. Mein Gefühl hat mir gesagt: nichts wie raus!«

»Na, sauber. Jetzt muss ich auch noch auf Ihre Gefühle Rücksicht nehmen!«

Kaum hatte Richard die Tür hinter seinen Gästen geschlossen, klingelte sein Handy. Es war Hans, der Enkel der alten Meierin. Er erzählte, dass zwei Bullen unterwegs seien.

»Die waren gerade bei mir!«

Richard stürzte zum Fenster, aber von Angelina und Bierbauch war nichts mehr zu sehen.

Dann versuchte er den aufgeregten Hans zu beruhigen:

»Reiß dich gefälligst zusammen! Ich kümmere mich schon um deine Tabletten. Beruhige dich! Ich bin schon unterwegs.«

17. Kapitel

Angelina und Bierbauch saßen im Auto. Auf Angelinas Befehl hin waren sie nur ein Stück die Straße hinuntergefahren und hatten sich dann am Straßenrand hinter einer dicken Birke versteckt.

Bierbauch fragte sich, was die Mordshexe vorhatte.

Angelina hatte tatsächlich einen Plan.

Richard hatte es unterdessen eilig. Mit dem Handy in der Hand verließ er die Villa und stieg in seinen Mercedes. Er fuhr an Bierbauch und Angelina vorbei, ohne ihr Auto zu bemerken.

Bierbauch ließ sofort den Motor an und wollte die Verfolgung aufnehmen, aber Angelina legte eine Hand aufs Lenkrad.

»Wir warten noch kurz!«

Als der Mercedes außer Sichtweite war, öffnete sie die Autotür.

»Und jetzt begleiten Sie mich, Herr Kommissar!«

Bierbauch gehorchte aufs Wort und so standen sie wenig später wieder vor der Villa.

Hätte Bierbauch seine Dienstwaffe bei sich getragen, hätte er sie in diesem Moment entsichert. Immer wieder fiel sein fragender Blick auf Angelina, die ihr Vorhaben immer noch nicht preisgegeben hatte.

Sie steuerte zielstrebig auf den Wintergarten zu und Bierbauch wich ihr wie ein Leibwächter nicht von der Seite.

Wie durch ein Wunder war die Tür des großen Wintergartens nur angelehnt. Dafür hatte Angelina gesorgt, als sie auf dem Weg zur Toilette gewesen war. Über diesen Weg wollte sie auf elegante Weise wieder in die Villa gelangen, sobald Ninas Lebensgefährte das Haus verlassen würde. Bierbauch war erstaunt und beeindruckt von diesem cleveren Plan.

Also schlichen sie gemeinsam über den Wintergarten ins Haus. Angelina ging voraus und Bierbauch gab ihr Rückendeckung. Dann öffneten sie die nächste Tür. Sie führte in die Garage. Die beiden warfen einen kurzen Blick hinein. Da standen fünf Luxuskarossen, sowie eine Harley mit Regener Kennzeichen. Ducati war keine dabei.

Sie schlossen die Tür wieder und liefen über den Flur weiter zur nächsten Tür. Gegenüber befand sich die Toilette, die Angelina ja schon kannte. Natürlich wusste sie auch schon, was sich hinter der anderen Tür verbarg.

»Jetzt passen Sie mal auf!«, flüsterte sie und drückte die Klinke herunter.

Bierbauch riss vor Verblüffung die Augen auf. Es war ein Waffenlager. Von Handfeuer- bis Schnellfeuerwaffen war nahezu alles vorhanden. Mit dem Waffenarsenal hätte sich eine kleine Privatarmee unterhalten lassen.

Der Kommissar hatte in seiner Polizeilaufbahn schon so manches gesehen. Er hatte im Rottal schon unerwartete Marihuanaplantagen ausgehoben, aber diese Waffensammlung brachte ihn doch zum Staunen. Waren die Bergmanns lediglich Waffensammler oder verbarg sich mehr dahinter?

An der gegenüberliegenden Wand befand sich ein Terrarium. Hinter dem meterlangen Sicherheitsglas lagen jede Menge Schlangen. Sogar eine Königspython war dabei. Angelina hatte für Reptilien und Schlangen nichts übrig. Sie graute sich vor ihnen. Spinnen machten ihr nichts aus, aber Schlangen, die so unheimlich über den Boden kriechen, waren zu viel für sie. Es war ein unheimlicher Ort, ein Zimmer des Grauens für Angelina. Wie einst Adam und Eva von einer Schlange aus dem Paradies vertrieben wurden, wurde auch Angelina verjagt. Beim Anblick der Tiere war sie ganz blass geworden. Nun zerrte sie an Bierbauchs Arm und zog ihn mit sich zurück hinaus auf den Flur.

»Ich halt's da drin nicht aus!«

Bierbauch nickte verständnisvoll. »Zu viele Schusswaffen … ich verstehe!«

»Nein, die Schlangen! Ich kann nicht mit diesen Viechern!«

Angelina atmete noch einmal tief durch und dann schlichen sie weiter. Irgendwann würden sie auf das Zimmer stoßen, in dem sich Nina befand.

Die Türen zu öffnen war wie das Öffnen von Überraschungseiern. Manchmal ist ein fertiges Spielzeug drin und manchmal muss man es sich erst wie ein Puzzle zusammenbauen.

Angelina und Bierbauch versuchten sich mit den paar Puzzleteilen, die sie hatten, ein Bild zu machen. Die Waffen ließen mutmaßen, dass ihr Besitzer gewaltbereit war und die gefährlichen Tiere im Terrarium sagten nichts anderes aus. Ihr Herrchen war kein Kuscheltyp, ganz im Gegenteil. Wer Kaltblüter als Hausgenossen hält, liebt geradezu die Gefahr. Aber ist diese Person dann folglich auch kaltblütig, eiskalt und berechnend?

Und könnte sie deshalb jemand ermorden? War Nina überhaupt noch am Leben? Angelina und Bierbauch hatten noch keine Spur von ihr gefunden. Ihr Lebensgefährte wurde so immer verdächtiger.

Wenn die Waffen nicht Richard gehörten, wem gehörten sie dann?

Schließlich fanden sie doch noch ein Zimmer, das Ninas Schlafzimmer zu sein schien. Aber Richard hatte gelogen, denn sie lag nicht in ihrem Bett. Das Bett war unberührt.

Ohne lange nachzudenken machte sich Angelina daran, das Nachtkästchen zu durchsuchen. Sie fand ein Notizbuch, aus dem einige Blätter herausgerissen waren. Leider war es kein Tagebuch. Dafür kamen mehrere Packungen Kondome sowie andere Verhütungsmittel zum Vorschein. Ninas junger Freund musste ganz besondere Qualitäten haben, die für die immerhin gute fünfzehn Jahre ältere Frau sehr attraktiv sein mussten. War Nina eine »Sugar-Mom«? Hielt sie den jungen, aufdringlichen Versicherungsmenschen etwa aus?

Ein Scheckbuch, das auf den Namen Bergmann ausgestellt war, verschaffte Angelina dann die endgültige Bestätigung, dass sie wirklich in Ninas Zimmer waren.

Schockiert setzte Angelina sich auf das Bett. Zwar stand der Familienname Bergmann auf dem Scheckbuch, aber auf den Schecks war der Name von Ninas Schwester eingetragen: Karin Bergmann.

Warum hatte Nina Karins Scheckbuch?

Sie bat Bierbauch um einen Bleistift. Der hatte keinen bei sich, kramte aber in ein paar Schubläden herum, bis er fündig wurde. Angelina rubbelte damit in dem Scheckbuch herum und nach und nach tauchten die Abdrücke der Buchstaben von dem zuletzt entfernten Blatt auf. Bierbauch blickte interessiert über Angelinas Schulter.

Gemeinsam entzifferten sie den Namen des Empfängers. Der Scheck war ausgestellt auf Richard Christian, den Namen von Ninas Freund und Lebensgefährten. Das warf weitere Fragen auf, auf die die Hexe so schnell auch keine Antwort parat hatte. Wieso sollte die verstorbene Karin Bergmann einen Scheck über dreißigtausend Euro auf den Freund ihrer Schwester ausgestellt haben?

»Hatte Karin mit Ninas Freund ein Verhältnis?«, fragend sah sie Bierbauch an.

»Wäre ein Mordmotiv. Wenn die Schwester herausbekommen hat, dass ihre Zwillingsschwester ein Verhältnis mit ihrem Lebenspartner hat …«

Angelina war fassungslos. Sie verstand die Welt nicht mehr.

Bierbauch konstruierte den Fall weiter.

»Dann hat Nina Karin beim Klassentreffen gestoßen. Das Scheckbuch ihrer seligen Schwester hat sie hier versteckt.«

Angelina konnte das nicht glauben.

»Die beiden glichen sich wie ein Ei dem anderen und standen sich richtig nah. Das kann einfach nicht sein. Eher hätte Nina aus Verzweiflung ihren Freund umgebracht als ihre Schwester!«

»Ihren Freund, in den sie verliebt ist? Niemals!«

»Dann haben wir jetzt zwei Verdächtige, Nina und ihren Freund«, stellte Angelina mit Bedauern fest.

»Oder Nina ist in großer Gefahr!«, überlegte Bierbauch weiter, »wenn ihr Freund vom Schwesternmord erfahren hat, müssten wir uns nicht wundern, dass Nina jetzt spurlos verschwunden ist. Er hat gesagt, sie würde schlafen. Vielleicht hat er sie wirklich zum Schlafen gebracht – aber für immer.«

Angelina hatte die gleiche Befürchtung wie Bierbauch.

»Utensilien dazu gibt es ein paar Zimmer weiter genug«, stöhnte sie.

Bierbauch setzte sich zu ihr aufs Bett und legte kameradschaftlich seinen Arm um sie.

»Ob die Waffen und Schlangen der noch lebenden Zwillingsschwester gehören oder dem Versicherungskaufmann, das wissen wir nicht. Vielleicht ist jemand aus der Bergmannfamilie einfach nur ein harmloser Waffennarr und Giftschlangenliebhaber.«

Das klang nun doch, anders als gewollt, eher beunruhigend.

»Ich würd' jetzt gern etwas zu Essen haben, Hexe!«, versuchte Bierbauch Angelina etwas abzulenken.

Angelina riss das Scheckblatt ab und steckte es ein. Als sie das Buch wieder zurück ins Nachtkästchen legen wollte, traute sie ihren Augen kaum. Augenblicklich schoss ihr wieder das Bild in den Kopf, das sie am Riederinfelsen gesehen hatte. Die Tabletten! Es lagen tatsächlich die Tabletten aus der Vision in Hülsen vor ihr. Eine Reihe lag halb angefangen in der Schublade und daneben die Verpackung, in der noch eine volle Reihe steckte. Es war ein Raucherentwöhnungspräparat. Den Beipackzettel suchte Angelina vergeblich, aber sie kannte das Medikament. In der Vergangenheit hatte sie einen Fall gehabt, bei dem eine Frau zu ihr gekommen war und über die unangenehmen Nebenwirkungen des Präparats geklagt hatte. Angelina hatte die Frau kinesiologisch ausgetestet und ihr ein spezielles biochemisches Präparat empfohlen, um sie wieder ins Gleichgewicht zu bringen. Mit Unterstützung der Mordshexe hatte die Frau es schließlich geschafft, ihre Sucht zu besiegen. Sie rührte nie wieder eine Zigarette an.

Nachdenklich drehte Angelina die Tablettenhülsen zwischen ihren Fingern herum.

»Auch wenn es komisch klingt, aber diese Tabletten habe ich in meiner Visionen am Felsen gesehen.«

»Dann sollten wir sie mal mitnehmen«, sagte Bierbauch, »wenn sie Ihnen verdächtig vorkommen, können wir sie analysieren lassen.«

Dann drängte er zum Aufbruch.

»Ich habe weder meine Dienstmarke bei mir, noch das Recht auf eine Hausdurchsuchung. Man könnte uns sogar wegen Hausfriedensbruch anzeigen, wenn man uns hier erwischt.«

Damit stieß er bei Angelina zunächst aber auf taube Ohren.

»Nur noch einen Moment! Lassen Sie uns noch da drüben nachsehen. Ich glaube, das war ihr Zimmer – das spüre ich!«, und schon marschierte sie in das nächste Zimmer, das Karins Zimmer gewesen sein musste.

Bierbauch folgte ihr unwillig. Angelina stürzte sich sofort wieder auf das Nachtkästchen.

»Ich hab' ein ganz seltsames Gefühl.«

Kaum hatte sie die oberste Schublade geöffnet, glänzte ihr ein mit Strasssteinen besetztes Tagebuch entgegen. Es schien, als wäre sie der Aufklärung sehr nah. Schnell blätterte sie das Tagebuch durch. Einige Seiten fehlten. Es waren genau die Seiten der letzten beiden Wochen, die jemand herausgerissen hatte.

Da wedelte plötzlich Bierbauch mit seinem Finger vor ihrer Nase herum.

»Da hinten in der Schublade! Wieder Tabletten! Haben Sie die auch in Ihrer Vision gesehen?«

Angelina legte das Tagebuch beiseite. Aus ihrer Sicht war es ohne die letzten Seiten ohnehin wertlos. Womöglich waren auf den fehlenden Seiten wichtige Hinweise.

Stattdessen besah sie sich die Tabletten. Sie glichen denen aus Ninas Zimmer. Aber nur die Hülsen, denn auf der Verpackung stand, dass es Hustentabletten waren.

Fragen über Fragen … Angelina schwirrte der Kopf. Aber hier würde sie keine Antworten mehr finden, da hatte Bierbauch Recht. Es war an der Zeit, zu gehen.

Sie verließen das Haus der Bergmanns auf dieselbe Weise wie sie hineingekommen waren.

18. Kapitel

Als das Duo wieder im Toyota saß, wusste Angelina, was zu tun war. Sie fand Bierbauchs Idee gut und so fuhren sie zurück ins Marktzentrum von Bodenmais und suchten die erste Apotheke auf, die sie fanden.

Bierbauch wartete im Wagen.

Gerade als Angelina die Apotheke betreten wollte, läutete ihr Handy. Auf dem Display sah sie, dass es Max war. Sie zögerte kurz, dann drückte sie ihn weg.

In der Apotheke war es leer. Verkäufer ließ sich auch keiner blicken. Angelina drückte hastig die Klingel auf der Ladentheke. Sie hatte es eilig.

Endlich erschien eine junge Verkäuferin.

»Ja?«, presste sie heraus und klang dabei sehr unsicher.

Angelina runzelte die Stirn. Sie bezweifelte ein bisschen die Kompetenz der jungen Frau, bat sie dann aber höflich ihr weiterzuhelfen, sie benötige eine wichtige Auskunft über ein Präparat.

»Ja?«, fragte die Frau nochmals.

»Ich habe hier zwei Tabletten!«, erklärte Angelina nüchtern und legte die beiden Tablettenhülsen, die sie in der Bergmannvilla in den zwei verschiedenen Zimmern gefunden hatte, auf die Theke. Die Verpackungen behielt sie in ihrer Tasche.

»Können Sie feststellen, ob das die gleichen Tabletten sind?«

Die junge Verkäuferin warf einen kurzen Blick darauf.

»Ja, bestimmt. Die sehen doch gleich aus, meinen Sie nicht?«

Angelina legte ihre Stirn in noch tiefere Falten und langsam begriff die junge Frau, dass ihre Kundin sich mit dieser Aussage nicht zufrieden geben wollte.

»Okay, warten Sie einen Moment! Ich frage meinen Kollegen. Kann ich die Tabletten kurz mitnehmen?«

Das kann ja jeder sagen, dachte sich Angelina. Augenblicklich legte sie ihre Hand auf die Tabletten und verzog das Gesicht zu einer betont freundlichen Grimasse.

»Danke. Ich warte gerne auf Ihren Kollegen.«

Die Apothekenangestellte drehte sich um und verschwand im hinteren Ladenbereich.

Es dauerte nicht lange und der Kollege stand vor ihr, ein zwei Meter großer Mann mit dunklen Haaren. Als Angelina zu ihm hochsah, erkannte sie gleich das Gesicht wieder. Der Mann gehörte zur Entourage um Richard Christian und Nina Bergmann. Ein ungutes Gefühl beschlich sie und veranlasste sie dazu, extrem vorsichtig zu sein. Auf ihr Gefühl zu hören, hatte sie schon vor so manchem Unglück bewahrt. Deshalb war sie auch rechtzeitig von der Bergmannvilla aufgebrochen, bevor Richard den Anruf von Hans erhalten hatte.

Der Apotheker wollte nach den Tabletten greifen, da hatte Angelina sie schon zurück in ihre Tasche gesteckt.

»Jetzt ist es mir gerade wieder eingefallen! Ich weiß jetzt wieder, woher sie sind!«, lachte sie verlegen.

Da läutete wieder ihr Handy. Auf dem Display erschien Bierbauchs Nummer. Hastig nahm sie das Gespräch an.

»Verlassen Sie so schnell wie möglich die Apotheke!«, brüllte Bierbauch beinah, »unser Feind ist auf dem Weg zu Ihnen …«

Angelina schluckte. Sie war umzingelt. Vor ihr stand der verdächtige, zwei Meter große Verkäufer und jeden Moment würde Ninas Freund hereinkommen. Angelina war sich hundertprozentig sicher, dass Bierbauch mit dem Feind nur Richard gemeint haben konnte.

Schon sah sie durch das Glas der Eingangstür eine Männergestalt näherkommen.

Was konnte schlimmer sein, als sich mit zwei tatverdächtigen Mördern, die sich offenbar auch noch gut kannten, allein in einer Apotheke aufzuhalten! Sicher gab es in der Apotheke jede Menge Betäubungsmittel, Gift und tödliche Spritzen – da brauchte keiner der beiden Männer eine Waffe.

Schon ging die Tür auf. Angelina musste so schnell wie möglich die Apotheke verlassen. Mit einem Satz war sie bei dem Ständer mit den Apothekerzeitungen, packte sich einen Stapel daraus und hielt sie sich vors Gesicht. Mit der anderen Hand tat sie, als müsse sie etwas in ihrer Tasche suchen.

Richard sah beim Eintreten kurz in ihre Richtung, erkannte sie aber zum Glück nicht. Angelina hörte den Apotheker noch irgendetwas hinter ihr herrufen, als sie zur Tür herausstürzte, verstand es aber nicht.

Draußen atmete sie einen Moment tief durch. Sie hatte es geschafft, unerkannt nach draußen zu kommen! Dann flitzte sie so schnell wie möglich zu Bierbauchs Auto. Die Apothekerzeitungen fielen zu Boden, aber sie hob sie nicht auf. Sollte sie doch jemand anders lesen!

Bierbauch fuhr mit ihr zu einer anderen Apotheke. Dort bekam Angelina dann die Gewissheit: die Tablettenhülsen waren die gleichen, nämlich Raucherentwöhnungstabletten.

Um wieder klare Gedanken fassen zu können, fuhr sie am Abend mit Bierbauch ein wenig ins Blaue hinaus in eine abgelegene Gegend.

Die ganze Fahrt über schwiegen sie. Als sie anhielten, schlug Angelina vor, ein paar Schritte zu gehen. Sie behauptete, beim Gehen bekomme man einen klaren Kopf und die besten Ideen. Bierbauch verspürte zwar keine Lust mehr auf einen Spaziergang, tat ihr aber den Gefallen. Sie hing sich bei ihm unter und begann zu resümieren.

»Karin war depressiv und wir haben in der Villa Entwöhnungstabletten gefunden.«

Bierbauch holte sein I-Phone heraus, aktivierte die Internetsuche, gab den Namen der Tabletten ein und studierte die Ergebnisse.

»Kopfschmerzen bis hin zu Depressionen gehören zu den Nebenwirkungen. Diese Dinger sind gar nicht unbedenklich!«

Angelina nickte.

»Die sind richtig gefährlich. Ich kenne eine Frau, die sich mit ihnen das Rauchen abgewöhnen wollte. Sie hat mir von ganz ähnlichen Symptomen erzählt.«

Bierbauch grübelte.

»Nehmen wir an, Karin wusste wirklich nicht, was sie da eingenommen hat. Sie dachte, es seien Halstabletten und hat sie über einen längeren Zeitraum genommen … Dann ist nicht auszuschließen, dass sie tatsächlich an starken Depressionen gelitten hat.«

Offenbar spornten Bierbauch das Gehen und die frische Luft richtig zum Nachdenken an.

Angelina spann den Faden weiter.

»Und sie wurden ihr mit Absicht und womöglich auch aus kaltem Kalkül untergeschoben – und das regelmäßig.«

Für Bierbauch kam Nina sehr wohl als Täterin infrage. Schließlich lagen die Tabletten in Originalverpackung in ihrem Nachtkästchen, während Karin diese vermutlich von jemandem als Halstabletten getarnt untergeschoben bekommen hatte.

»Das könnte Nina gewesen sein!«, versicherte er der Hexe.

Sie widersprach ihm nicht.

»Was mir aber ebenso wenig aus dem Kopf will, ist das Scheckbuch. Was macht Karins Scheckbuch bei Nina, mit einer ausgestellten Zahlung auf Richard, Ninas Freund?«, rätselte sie weiter.

»Außer Karin hatte eine Affäre mit Richard. Das würde beweisen, dass Nina ihre eigene Schwester aus Rache getötet hat.«

Bierbauch hatte vom Laufen genug, ließ sich auf die nächste Holzbank fallen und machte es sich bequem.

Angelina war so vertieft in ihre Gedanken, dass sie einfach weiter lief.

»Moment, das ergibt doch keinen Sinn. Karin war depressiv. Ich glaube kaum, dass sie da eine Affäre gehabt hat. Oder aber … nein …!«

Sie hatte immer noch nicht bemerkt, dass Bierbauch nicht mehr neben ihr lief.

»Ja Hexe, wo laufen Sie denn hin?«, rief er hinter ihr her.

»Absurd. Das wäre unglaublich!«, sie blieb stehen und drehte sich zu Bierbauch um, »was ist, wenn nicht Karin, sondern Nina gestorben ist?«

Bierbauch stand von seiner Bank auf und schritt langsam auf sie zu.

»Sie meinen, dass ein Identitätswechsel vorgenommen wurde?«

Angelina nickte.

»Mir fällt ein, auf dem Klassentreffen habe ich niemals beide gleichzeitig gesehen. Zwanzig Jahre lagen dazwischen und sie ähneln sich wie ein Ei dem anderen. Aber was ergäbe das für einen Sinn? Wieso?«

Es entstand eine Pause. Gerne hätte Bierbauch für Angelina unverzüglich die richtige Antwort parat gehabt. Aber dieser Fall war zu komplex und warf zu viele Fragen auf. Beiden wurde immer mehr klar, dass sie noch viel Arbeit vor sich hatten.

Diesmal war es Bierbauch, der Angelina die Hand auf die Schulter legte, um sie aufzuheitern.

»Wir fragen am besten die noch lebende Schwester sei sie Karin oder Nina. Das kriegen wir schon noch heraus!«, er versuchte, so zuversichtlich wie möglich zu wirken.

Schließlich war es an der Zeit, umzukehren. Es dämmerte bereits.

Sie fuhren zum Hotel zurück.

Im Stillen fragten sich beide, was der nächste Tag wohl für sie bringen würde.

Nicht weit von ihnen entfernt fand noch ein nächtliches Treffen statt. Auf dem Silberberg traf sich Richard Christian mit seinen Kumpels in einem stillgelegten Stollen.

Ein Lagerfeuer erhellte den dunklen Gang. Auf Richards Schoss saß eine junge Frau, nicht älter als neunzehn. Obwohl es unter zehn Grad war, trug sie nur ein T-Shirt und einen Minirock. Wahrscheinlich hätte sie auch noch weniger getragen, wenn Richard es verlangt hätte.

Er hatte seine Hände an ihrem Po und neckte sie, indem er sie ab und an in die Seite kniff. Jedes Mal quietschte sie wie ein Mäuschen vor Vergnügen und er verpasste ihr dann einen leidenschaftlich fordernden Kuss.

Hans und Harald waren lediglich Zuschauer. Sie standen um ihn herum und wirkten sichtlich angespannt. Sie wollten sich endlich mit ihrem Anführer besprechen.

»Hast du deine Alte auch im Griff? Sie darf nicht quatschen!«, murrte Hans.

»Sonst war alles umsonst!«, stimmte Harald zu.

Richards Augen blitzten vor Zorn. »Komm Sabinchen, gib Richard noch einen Kuss!«, herrschte er die Frau auf seinem Schoss an.

Stürmisch warf Sabine sich an ihn und suchte seine Lippen. Richard genoss es, wie sie ihn begehrte und spielte mit ihr, indem er sie kurz an ihrem Haar von sich wegzog.

Langsam genervt von dem Schauspiel, nörgelte Harald: »Wann ist es jetzt soweit? Ich will endlich meinen versprochenen Anteil!«

Die junge Frau achtete überhaupt nicht auf die beiden anderen Männer. Sie war ganz auf Richard fixiert und fummelte ununterbrochen an ihm herum. Sie konnte überhaupt nicht genug von ihrem Lover bekommen.

»Na, na, Kleine!«, sagte Richard mit einem beiläufigen Blick zu seinen Kumpels hinüber und gab seinem Mädchen einen Klaps auf den Hintern. Dann schob er Sabine zur Seite und stand auf.

»Man sollte nie zu gierig werden!«

Die Worte waren eindeutig an Hans' und Haralds Adresse gerichtet.

»Alles zu seiner Zeit«, fuhr Richard fort, »es ist soweit, wenn ich es sage – und das wird bald sein! Hat sich denn einer von euch beiden etwas wegen der zwei Schnüffler ausgedacht?«

Hans starrte auf den Boden und schüttelte den Kopf, während Harald es wagte, Richards Blick zu erwidern.

Sabine beobachtete schmollend das Geschehen. In dieser Herrenrunde hatte sie nichts zu sagen. Richard erklärte die Versammlung für beendet und trug Hans auf, das Lagerfeuer zu löschen. Dann verließen sie den Silberberg.

Bierbauch und Angelina wollten den Tag noch gemeinsam ausklingen lassen und aßen im Hotelrestaurant zu Abend. Sie versuchten etwas abzuschalten, auch wenn es schwer fiel, denn beide waren sich bewusst, dass sie bei diesem Kriminalfall in ein Wespennest gestochen hatten. Der Fall war noch vertrackter als sie angenommen hatten. So fielen während des Essens nicht viele Worte.

Auf dem Weg in ihre Zimmer unterhielten sie sich noch.

»Was treibt die Menschen nur immer dazu an, Böses zu tun?«

Bierbauch kratzte sich am Hinterkopf. Was sollte er darauf antworten?

»Unzufriedenheit, Streben nach Macht, Reichtum, Rache … Manche töten grundlos und auch wahllos! Es gibt so viele Gründe, Hexe, der Mensch ist tief drinnen ein unberechenbares Tier!«

Er kratzte sich nochmals und seufzte bedauernd: »Tja!«

Dann klopfte er sanft mit seiner Faust auf Angelinas Herz.

»Aber zum Glück gibt es Menschen wie Sie! – Sie sind selten, leider viel zu selten – fast schon eine bedrohte Spezies.«

Er nickte dabei nachdenklich und spürte plötzlich eine Hand auf seinem Arm. Es war Angelinas Hand. Mit einem derartigen Kompliment von Bierbauch hatte sie nicht gerechnet. Das bewegte sie. Sanft gab sie ihm einen Kuss auf die Wange und sprach ein gefühlvolles: »Danke.«

19. Kapitel

Das inoffizielle Bodenmaiser Ermittlerduo im »Bergmann-Fall« begann den nächsten Tag wieder recht früh. Schon um sechs Uhr morgens verließen die Mordshexe und ihr Kommissar das Hotel. Sie wollten die Bergmannvilla observieren und nichts sollte ihnen entgehen.

Es war nebelig und grau, man konnte kaum die Hand vor Augen sehen.

Dennoch versuchten sie ihr Glück, zwischen zwei parkenden Autos versteckt, Nina oder Karin Bergmann abzufangen. Weder Angelina noch Bierbauch waren sich mehr sicher, welche der beiden Schwestern noch am Leben war. Vielleicht waren inzwischen sogar beide tot?

Die eine Stunde Warten zerrte an Angelinas Nerven. Sie hatte einfach keine Geduld, Bierbauch hingegen schon. Dank seiner langjährigen Erfahrung hatte er darin Routine und auch von Natur aus eine gewisse Bierruhe. Er merkte Angelina jedoch die Anspannung an.

»Stundenlanges Observieren gehört zu den wichtigsten Aufgaben eines Kriminalbeamten. Oft tut sich überhaupt nichts und am Ende ärgert man sich über den vergeudeten Tag und den tauben Rücken und fragt sich, ob man nichts Nützlicheres hätte tun können. Aber es ist halt eine Notwendigkeit.«

»Jede Mühe ist es wert, auf sich genommen zu werden, wenn sie ans Ziel führt«, stimmte die Hexe ihm zu, bevor sie sich streckte und gähnen musste.

Endlich wurde die Tür der Villa geöffnet. Eine schwarz gekleidete Frau mit dunkler Brille verließ das Anwesen, stieg in einen BMW und fuhr dann weg.

Bierbauch nahm sogleich die Verfolgung auf. Diesmal wollte er es besser machen als bei der Verfolgung der Ducati.

Der BMW hielt kurze Zeit später vor dem Friedhof. Die Frau stieg aus und ging hinein.

»Jetzt stehen wir kurz vor der Aufklärung«, raunte Angelina.

»Da fällt mir der Aufklärer Immanuel Kant ein. In seiner Schrift ›Was ist Aufklärung?‹ heißt es so schön, ›Habe Mut dich deines eigenen Verstandes zu bedienen‹!«

Angelina zog erstaunt eine Augenbraue hoch. Sie staunte nicht schlecht über Bierbauchs Wissen. Der Spruch passte gerade wirklich.

Sie schlug vor, alleine zu der Frau zu gehen, um sie nicht zu verschrecken. Der Kommissar stimmte zu, hielt Angelina aber kurz am Arm fest, als sie aus dem Wagen klettern wollte.

»Wir haben bei der Polizei verschiedene Verhörmethoden. Ihnen alles zu erklären, würde jetzt zu weit gehen. Aber Hexe, Sie müssen jetzt mit Verstand und Raffinesse vorgehen …!«

Angelina sah ihn gespannt an.

»Achten Sie genau darauf, wie sie auf Ihre Frage reagiert. Gleich zu Anfang! Hat sie feuchte Hände, wenn sie Sie begrüßt? Wenn Sie mit ihr reden, kann sie Ihnen in die Augen sehen oder nicht? Wenn sie Sie nicht ansehen kann, dann lügt sie! Dann schaut sie vielleicht zu Boden oder an Ihnen vorbei. Auch wenn sie eine Brille trägt … vielleicht gelingt es Ihnen, ihre zittrigen Augenlider zu erkennen …«

Angelina hörte gut zu, war aber kritisch.

»Aber kann sie sich denn nicht auch aus purer Verzweiflung so verhalten? Kann es nicht sein, dass der Todesfall allein schon stressig genug für sie ist?«

Aber Bierbauch hatte noch weitere Tipps.

»Dann achten Sie auf ihre Stimme! Sie könnte heller werden. Wenn sie Ihnen auf Ihre Fragen ausweichen will, verschweigt sie Ihnen etwas. Sie werden das schon merken!«

Angelina nickte mehrmals, knuffte Bierbauch freundschaftlich in den Oberarm und stieg aus dem Wagen.

Das schmiedeeiserne Tor quietschte, als sie es öffnete.

Schon von weitem sah sie die Bergmann am Grab ihrer Schwester stehen.

Angelina näherte sich ihr ganz langsam. Als sie etwa zwei Meter an sie herangekommen war, hob die Frau, aufgeschreckt durch den unter Angelinas Füßen knirschenden Kies, den Kopf.

Angelina verzichtete darauf, ihr die Hand zu geben, denn die Bergmann trug schwarze Lederhandschuhe.

»Die wir im Herzen tragen, bleiben für immer bei uns!«, sagte Angelina und stellte sich neben sie.

Die Bergmann nickte und fasste sich ins Gesicht, um die Tränen, die sie unter ihrer dunklen Brille verbarg, wegzuwischen. Obwohl die Brille sie dabei behinderte, nahm sie sie nicht ab.

»Ja«, schluchzte sie, »sie wird immer ein Teil von mir sein!«

Ihre Augenlider zitterten und sie fuhr sich nervös ins Gesicht.

Angelina hatte noch nicht mit ihrem Verhör begonnen und schon zeigte die Bergmann Reaktionen, die Bierbauch beschrieben hatte!

Entweder war die Frau, die sie vor sich hatte, eine erstklassige Schauspielerin oder sie liebte ihre Schwester wirklich über alle Maßen. Oder hatte sie gar Schuldgefühle?

Angelina suchte nach ein paar tröstenden Worten.

»Den Fluss des Lebens kann man nicht beeinflussen. Wir können nur in ihm schwimmen …«

Die Bergmann schluchzte laut auf.

Freundschaftlich fasste Angelina sie bei den Schultern und drehte sie zu sich. Daraufhin senkte diese ihren Blick. Sie konnte Angelina nicht in die Augen sehen. Einen Moment später brach sie in Tränen aus und wollte weglaufen, doch die Rottaler Hexe hielt sie fest.

»Sieh mich an!«

Am liebsten hätte Angelina ihr gleich all ihre Fragen an den Kopf geworfen, doch sie musste behutsam vorgehen, wenn sie der Frau etwas entlocken wollte.

»Sieh mich an!«, wiederholte sie, aber die Frau hielt weiter den Kopf gesenkt und schluchzte hemmungslos weiter.

Angelina konnte nicht anders, als ihr wieder Trost spenden.

»Alles wird gut!«

Sie war zwar eine Hexe und hatte schon vielen Kranken geholfen, aber Tote zum Leben zu erwecken, vermochte sie nicht. Das vermochte niemand. Darüber stand Gott.

Die Bergmann hob langsam ihren Blick und sah Angelina in die Augen.

»Es tut mir so leid«, klagte sie. Ihre Augen zitterten und ihr ganzer Leib bebte.

Noch vor wenigen Sekunden hätte die Hexe sie tröstend an sich drücken wollen, doch mit einmal ließ Angelina die Frau los. Ein Schauer lief ihr den Rücken hinunter. Sie verspürte urplötzlich ein unangenehmes Gefühl, eine Art von Kälte. Die Bergman strahlte zwar keine Kälte aus, aber Angelina erkannte, dass die Frau vor ihr nicht ohne Schuld war.

Angelina schloss einen Moment die Augen, nicht weil sie eine Vision hatte, sondern vor Enttäuschung. Die Frau vor ihr war einmal eine gute Freundin gewesen, und jetzt?

Sie atmete tief durch und dann stellte sie ihr die Frage, die ihr schwer fiel, die sie aber nun stellen musste.

»Du bist nicht Nina, hab' ich Recht?«

Die Bergmannschwester schwieg. Sie blickte zu Boden und wagte nicht, sich zu bewegen. Sie war wie parallelisiert. Sie hätte fliehen können, aber sie hätte vor mehr fliehen müssen als vor Angelina oder dem Grab ihrer Schwester …

Angelina wartete auf eine Antwort. Schließlich nahm sie die Frau an der Hand und führte sie ein Stück vom Grab weg.

»Wer liegt dort im Grab? Sag es mir!«

»Lass mich gehen!«, flehte die Frau.

Angelina aber ließ ihre Hand nicht los. Mit Geduld und Zeit kommt man am weitesten, dachte sie sich. Sie würde warten, bis sie endlich Gewissheit bekäme.

Die Bergmann atmete schnell und schwer. Ihr Atem schien in der Stille des Friedhofs so laut, dass er bis zu den Toten ins Grab dringen musste.

»Ja, ich bin Karin!«, keuchte sie endlich.

»Ich weiß, Karin«, Angelinas Stimme war ruhig und gelassen,

»ich weiß auch das mit den Tabletten, dass du deine Schwester damit ausschalten wolltest, weil sie ein Verhältnis mit deinem Freund hatte …«

»Nein, nein!«, keuchte die Bergmann weiter, »ich wollte ihr nicht weh tun! Sie hatte kein Verhältnis mit meinem Freund!«

»Aber du hast es getan!«

»Nein, das war ganz anders! Mein Gott, wir wollten sie nicht damit töten!«

»Aber du hast sie getötet.«

»Ich hab' sie nicht getötet!«, die Bergmann schrie förmlich.

Und dann gestand sie endlich. Karin erzählte, dass ihr Freund Richard nicht verstehen konnte, warum Nina nicht heiraten wollte. Ihre verstorbenen Eltern hatten einen Fonds für die Schwestern angelegt, der aber erst zur Auszahlung kommen sollte, wenn beide geheiratet hätten. Richard hatte auf Nina eingeredet, doch sie wollte nicht, obwohl sie sogar einen Freund hatte. Richards Argument, das Geld der Eltern ausgezahlt zu bekommen, interessierte Nina überhaupt nicht.

»Im Gegensatz zu euch beiden!«, ergänzte Angelina und drängte darauf, mehr zu hören.

Karin zierte sich erst, erzählte dann aber doch weiter:

»Richard hatte die Idee, dass wir sie nur etwas mit den Tabletten betäuben. In der Öffentlichkeit wollten wir es so darstellen, dass man sie entmündigt. Dann wären wir an den Fonds gekommen. Aber dann ist alles anders gekommen …«

In dem Moment riss Karin sich plötzlich los. Sie stieß Angelina so heftig von sich, dass diese gegen die Friedhofsmauer prallte. Panisch rannte sie davon. Angelina krümmte sich vor

Schmerz und war im ersten Moment nicht in der Lage, Karin zu folgen.

»Er wird dich auch töten, Karin!«, schrie sie ihr verzweifelt hinterher.

Als die Schmerzen etwas nachließen, lief Angelina so schnell sie konnte zum Ausgang.

Von Karin fehlte jede Spur. Viel schlimmer war, dass sie Bierbauchs Wagen leer vorfand.

Im ersten Moment war es ein Schock. Aber vielleicht musste Bierbauch ja nur kurz austreten, versuchte sie sich zu beruhigen. Doch ihr erstes Gefühl bestätigte sich. Der Kommissar war spurlos verschwunden. Sie rief laut seinen Namen, aber es war vergebens.

Angelina fühlte sich allein.

»Nein! Nein! Nein!«, verzweifelt hämmerte sie mit den Fäusten auf das Autodach. Bierbauchs Verschwinden schnürte ihr richtig die Luft ab. Sie mochte gar nicht daran denken, was mit ihrem Freund, denn das war er inzwischen für sie, geschehen war. Nie hätte er freiwillig das Auto verlassen.

Sie wusste nicht, was sie jetzt tun sollte. Ratlos setzte sie sich in den Wagen. Nach einer Weile griff sie nach ihrem I-Phone und rief Max an. Zum Glück konnte sie ihn erreichen. Sie bat ihn, unverzüglich nach Bodenmais zu kommen und auch gleich sein Gewehr mitzubringen; es sei ein Notfall und sie brauche dringend seine Hilfe.

Dann begann sie im Wagen nach Spuren zu suchen. Vielleicht hatte Bierbauch einen Hinweis hinterlassen? Sie nahm auf dem Fahrersitz Platz und besah sich die Armaturen. Instinktiv tippte sie mit dem Finger aufs Handschuhfach. Es öffnete sich und darin lag ein kleines Aufnahmegerät. Sie zögerte kurz, da sie nicht viel von Technik verstand. Aber vielleicht befand sich eine Nachricht von Bierbauch darauf? Also nahm sie es in die Hand und drückte auf einen winzigen Knopf. Der schlaue Kommissar hatte tatsächlich eine Spur gelegt, bevor er gekidnappt wurde. Angelina hörte auf dem Aufnahmegerät zuerst kurz eine sich räuspernde Männerstimme und dann die aufgeregte Stimme von Bierbauch:

»Zu zweit … bewaffnet und vermummt! Das ist feige! – Ja, ja, ich komme schon mit … wohin bringt Ihr mich …«

Dann sprach wieder eine Männerstimme.

»Mich kriegst du nicht hinter Gitter! Ein widerlicher Schnüffler wie du gehört selbst hinter Gitter, du Bullenschwein!«

Es hörte sich an, als hätte Bierbauch sich noch gegen seine Angreifer zu wehren versucht. Dann endete die Aufnahme. Angelina nahm das kleine Gerät aus dem Handschuhfach heraus und steckte es in ihre Westentasche.

20. Kapitel

Es dauerte fast zwei Stunden, bis Max am Friedhof ankam. Er fand Angelina neben Bierbauchs Auto. Erleichtert fiel sie ihm um den Hals. Sie war unendlich froh, ihn zu sehen. Max erwiderte ihre innige Umarmung nicht wie sonst. Er konnte und wollte es nicht, immerhin ließ sie ihn über die Heirat im Ungewissen. Wenn Angelina das in der Aufregung überhaupt gemerkt hatte, ließ sie sich nichts anmerken. Für Max war es trotz allem selbstverständlich, für sie da zu sein, wenn sie ihn brauchte – so wie jetzt.

In Umrissen schilderte sie ihm, was Schlimmes passiert war.

Max fuhr sie zum nächsten Polizeirevier nach dem fünfzehn Kilometer entfernten Zwiesel. Dort meldete Angelina Bierbauchs Entführung und legte die Tonaufnahme vor.

Sie war sehr aufgeregt, versuchte jedoch ihre Emotionen im Zaum zu halten. Sie appellierte an die Polizisten, dass ihr Kollege, ein Kommissar, in großer Gefahr sei. Mit dem Aufnahmegerät hatte sie das Beweisstück. Immerhin war eine Männerstimme aus den Reihen der Entführer darauf zu hören und damit auch der Beweis erbracht, dass Bierbauch entführt worden war.

Die Polizeibeamten auf der Station begriffen den Ernst der Lage und waren sehr zuvorkommend.

Angelina vertraute ihnen die ganze Geschichte an und war dabei so überzeugend, dass Max nur staunen konnte, wie motivierend sein Hexerl wieder einmal war.

Zusammen mit zwei Polizeibeamten fuhren sie zur Villa von den Bergmanns, trafen dort aber niemand an.

Nachdem es keine andere Spur gab, fuhren die Polizisten zurück aufs Revier.

Bierbauch wurde zur Fahndung ausgeschrieben. Es hieß, man würde sich schon weiter um die Sache kümmern und die Täter schnappen.

Angelina und Max waren dazu verurteilt, zu warten.

Sie saßen beinah drei Stunden auf dem Revier, bis es die Mordshexe dort nicht mehr länger aushielt. Sie kletterte mit Max wieder in seinen Jeep. Seite an Seite saßen sie da und überlegten, was sie tun konnten.

Angelina war für den Moment völlig ratlos. Als sie mit Bierbauch nach Bodenmais aufgebrochen war, um den Mörder zu suchen, hatte sie nicht mit so etwas gerechnet. Sie hatte die ganze Angelegenheit, die kriminelle Energie und auch die Intelligenz der Täter unterschätzt. Sie war immer davon ausgegangen, dass es nur einen Täter gab. Nie war sie auf den Gedanken gekommen, dass mehrere Personen beteiligt sein konnten. Das war ein Fehler gewesen, der Bierbauch nun das Leben kosten konnte. Jetzt noch einen klaren Kopf zu behalten, fiel ihr sichtlich schwer.

»Ich weiß nicht mehr weiter!«, klagte sie.

Das wollte Max nicht gelten lassen. Sein Hexerl, dem immer in jeder Situation noch etwas einfiel, würde ausgerechnet jetzt aufstecken?

»Komm schon!«, versuchte er sie wieder aufzubauen, »wie ich dich kenne, fällt dir doch immer was ein!«

Angelina warf ihm einen dankbaren Blick zu.

»Echt?«

»Na klar, bei so einem Sturschädel, wie du einer bist, würd' es mich nicht wundern, wenn du in den Köpfen von den Menschen herumspuken könntest!«

»Du hast Recht!«, sie sah augenblicklich gleich zuversichtlicher aus. »Manchmal helfen allein der Glaube und die Gedanken.«

Dankbar tätschelte sie seine rechte Hand. Dann starrte sie durch die Windschutzscheibe geradeaus. Sie suchte sich einen Fluchtpunkt am Horizont, schloss die Augen und begann zu flüstern.

»Karin, er will dich töten! Karin, er will dich töten! … Tu es, Karin!«

Max sah ihr gespannt zu.

»Was machst du, Hexerl?«

»Ich konzentriere mich auf jemanden …«

21. Kapitel

Karin Bergmann kam nicht zum Nachdenken. Sie war zu Mittag mit Richard in der Zucchero Café-Bar verabredet und kam nun zu spät.

Als sie das Café betrat, hatte Richard bereits bestellt und sogar schon das Essen vor sich auf dem Tisch. Sie wollte nur eine Kleinigkeit und entschied sich für ein Stück Kuchen und eine Tasse Kaffee.

Nachdem die Bedienung ihre Bestellung aufgenommen hatte, erzählte Karin Richard, dass sie zuvor ihre alte Schulfreundin Angelina auf dem Friedhof getroffen hatte.

»Es war falsch, Richard!«, platzte es plötzlich aus ihr heraus.

Ihre Stimme war dabei so laut geworden, dass Richard erschrocken um sich blickte. Er fürchtete, Karin könne in der Öffentlichkeit Dinge preisgeben, die ihm schaden konnten.

»Sei still!«, flüsterte er barsch, schlug dann aber wieder einen freundlichen Ton an.

»Was hast du denn, mein Schatz?«

Fürsorglich griff er nach Karins Hand, aber sie ließ keine Berührung zu, sprach aber zumindest leiser.

»Ich habe Angst, Richard! Das Ganze ist zu viel für mich!«, flehentlich sah sie ihn an, »sag, dass du mich liebst! Sag, dass du nur mich liebst!«

Richards Gesichtsausdruck war anzusehen, dass er ihr am liebsten den Mund mit Klebeband versiegelt hätte.

»Liebling, du weißt, du bist mein Leben«, versuchte er sie zu besänftigen, »alles wird wieder gut werden! Ich schwör' es dir bei meinem Leben. Und jetzt trink deinen Kaffee aus und iss ein Stück von diesem schönen Kuchen!«

Er stach mit der Gabel ein Stück von ihrem Erdbeerkuchen ab und kostete selbst.

»Mmh, so süß wie dein Mund!«, lächelte er, »probier mal!«

Widerspenstig schob sie den Kuchen an den Tischrand.

»Ich krieg' keinen Bissen mehr runter!«

Mit zittrigen Fingern öffnete sie die beiden obersten Knöpfe ihrer Bluse.

»Ich krieg' keine Luft mehr!«, schnaubte sie, »du kannst dir nicht vorstellen, wie vorwurfsvoll Angelina mich angesehen hat! Wie sie mit mir gesprochen hat! Wir hätten es einfach nicht tun sollen …«

Einen Moment fürchtete Richard, sie würde einen Nervenzusammenbruch bekommen.

»Lass uns fahren!«, schlug er vor, »ich kenn' einen Platz, der dich auf andere Gedanken bringt. – Ein wirklich schönes Plätzchen!«

Er winkte die Bedienung heran, schlang hastig sein letztes Stück Steak herunter und leerte in einem Zug sein Glas Wein.

Während der Autofahrt fasste Richard nach Karins linker Hand, legte sie über den Schaltknüppel und dann seine Rechte darüber. Sonst erhielt er dafür immer ein Lächeln von seiner Freundin, die in Kürze seine Frau werden sollte, aber diesmal blieb das Lächeln aus. Sie starrte stur geradeaus und versuchte, ihn zu ignorieren.

Sie fuhren den Silberberg hinauf. An der Gaststätte Bergmannschänke am Silberberg stoppte Richard den Wagen.

Karin warf ihm einen fragenden Blick zu. Sie kamen doch gerade vom Essen.

Richard spielte den Galan, öffnete ihr die Autotür und half ihr aus dem Wagen.

»Darf ich dich bitten, mein Liebling, mir zu folgen!«

Er führte sie den Kiesweg zum Bergstollen hinauf. An den Bergwänden glänzte das rote Erz. Über die Jahrhunderte waren gewaltige Stollen in den Silberberg hineingetrieben worden, um das begehrte Silber abzubauen. Eine Sage erzählt, dass einst ein armer Bauernbursche dort das Silber entdeckt habe.

Hand in Hand liefen sie den Weg entlang, bis zu ihrer Linken ein Stollen auftauchte. Das Sonnenlicht tauchte ihn in tiefes Rostrot. Es sah aus, als hätte jemand dem Berg eine blutende Wunde zugefügt.

Richard blickte entschlossen geradeaus, sein Händedruck wurde fester und das freundliche Lächeln verschwand aus seinem Gesicht. Karin begann, langsam misstrauisch zu werden. Was hatte er hier oben mit ihr vor?

»Wohin gehen wir? Hier oben waren wir noch nie!«

»Mach dir keine Sorgen«, er drückte ihre Hand so fest, dass es wehtat.

»Ich bin schon oft hier gewesen. Es ist absolut ungefährlich hier. Du wirst sehen, das wird ein Erlebnis, das wir beide nie vergessen werden!«

»Kannst du bitte meine Hand loslassen?«, jammerte sie, aber er reagierte überhaupt nicht darauf.

»Wenn du nicht ständig dein Geld verspielen würdest …«, machte sie sich Luft.

»Das geht dich nichts an!«, schnaubte er wütend und ließ ihre Hand los. Sie hatte seinen wunden Punkt getroffen.

»Und ob mich das was angeht! Von wessen Geld sind denn deine teuren Einkäufe?«

Richard schwieg.

»Die Ducati musstest du ja auch noch haben!«, stichelte Karin weiter.

Wortlos packte er wieder ihre Hand und schleifte sie weiter, bis sie zu einer schmalen Brücke kamen.

Sie konnte kaum mit seinen Schritten mithalten und bekam es immer mehr mit der Angst zu tun. Wohin brachte er sie?

»Wo ist die Ducati eigentlich?«, keuchte sie aufgebracht, »hast du die auch verspielt?«

»Die hat Hans«, gab er unwirsch zurück, »der ist arbeitslos und braucht einen fahrbaren Untersatz.«

»Du und deine Kumpels. Die sind dir wichtiger als ich!«

Erschöpft blieb sie stehen, ihr stockte der Atem.

»Komm schon!«, lockte er jetzt wieder mit freundlicher Miene, »stell dich doch nicht so an, Schatz!«

Etwas sanfter zog er an ihrem Arm und sie trabte ergeben weiter. Auf der Brücke blieb Richard stehen und zeigte hinunter.

Links und rechts unter der Brücke befanden sich zwei mit weißen, dicken Metallstangen gestützte Stollen. Karin schauerte. Es sah aus, als wären sie von zwei riesigen Bestien umzingelt, die ihre Schlünder aufrissen. Die Stützstangen sahen aus wie scharfe Zähne. Die gierigen Mäuler schienen auf ein Opfer zu warten, das sie verschlingen konnten.

Plötzlich zuckte sie zusammen. Ihre Augen wurden starr vor Schreck. Sie hörte eine Stimme.

»Er wird dich auch töten!«

Es waren die Worte, die die Mordshexe ihr auf dem Friedhof noch hinterhergerufen hatte.

»Er wird dich auch töten!«

Karin hörte es ganz deutlich ein zweites Mal und ein drittes Mal.

Sie starrte Richard an und wollte sich von ihm losreißen, aber er war schneller und umklammerte mit seinen Armen ihre Taille.

»Schau, da unten!«, raunte er ihr ins Ohr, »das ist einzigartig. Wer da runterfällt, ist auf der Stelle tot und seine Leiche wird nie wieder auftauchen.«

In Karin stieg Panik hoch.

Da dröhnte plötzlich eine andere Stimme hinter ihr: »Darum immer aufpassen!«

Richard fuhr genauso erschrocken wie sie herum. Vor ihnen stand ein Bergarbeiter, mit ein paar Touristen.

»Wir haben schon einige Stollen zuschütten müssen, weil die Wanderer geglaubt haben, dass sie da rumklettern müssen!«

Die Touristen zückten ihre Fotoapparate und knipsten die Stollen und auch die Brücke.

Karin atmete auf vor Erleichterung.

»Jetzt gibt es genug Beweisfotos, dass Richard mit mir hier war«, dachte sie bei sich. Sie war sich nun sicher, dass er sie nicht zum Spaß hergeführt hatte: Richard wollte sie töten. Angelina hatte Recht gehabt, daran hatte Karin jetzt keinen Zweifel mehr.

»Hier herumklettern ist ein gefährliches Abenteuer!«, dröhnte der Bergarbeiter weiter, »hier sollte man besser nicht vom Weg abkommen.«

Für Karin war es jetzt die Gelegenheit, wegzukommen.

»Ich fühl' mich nicht wohl«, sagte sie extra laut, »ich geh' zurück zum Auto.«

Während die Touristengruppe weiter den Silberberg hinauf wanderte, ging Richard mit langen, schnellen Schritten hinter Karin her.

Sie traute sich nicht, ihm davonzulaufen, weil sie befürchtete, er könne bemerken, dass sie ihn durchschaut hatte. Schnell ging sie voran. Als er zu ihr aufschloss, lehnte sie sich an ihn und drückte ihn an sich. Sie war verzweifelt und den Tränen nah, durfte es Richard aber nicht merken lassen.

»Fahr mich bitte nach Hause!«, bat sie, »ich hab' Migräne, ich brauch' ein bisschen Ruhe …«

Obwohl sie ihn am liebsten weit von sich gestoßen hätte, streichelte sie ihm kurz zärtlich über seine Wange.

Richard nickte. Seine Miene verriet nicht, ob er sie durchschaut hatte.

22. Kapitel

Angelina und Max saßen im Café Winklstüberl. Zur Beruhigung wollte Angelina einen richtigen Kamillentee. Industrielle Teebeutelprodukte waren ihr verpönt. Bei der alten Meierin hatte sie zwar einen solchen Beuteltee ohne Beanstandung getrunken, aber das sollte die Ausnahme gewesen sein. In der Bergmannvilla hatte sie nicht einen Schluck davon gekostet.

Während Max ein Weißbier bestellte, bat sie um ein Kännchen heißes Wasser. Die Bedienung schaute erst etwas verdutzt, erfüllte aber ihren Wunsch. Als sie das Kännchen auf den Tisch stellte, blieb ihr fast der Mund offen stehen. Ihr Gast mit den feuerroten Haaren zog ein Leinensäckchen mit getrockneten Kamillenblüten hervor und ein metallenes Teesieb.

Angelina füllte die Blüten in das Sieb, dann öffnete sie den Deckel der Kanne und begann, etwas vor sich hinzumurmeln. Es klang wie »Wasser werde rein und stärke mich«. Gleichzeitig wandelte ihre Hand darüber und es sah aus, als wolle sie schlechte Energie aus dem Wasser ziehen. Fragend sah die Bedienung zu Max hinüber, der Angelinas mystisches Ritual nur mit einem Schmunzeln kommentierte.

Angelina ließ dann das mit ihrer Kamille gefüllte Teesieb in die Kanne gleiten und setzte den Deckel darauf. Die Bedienung schüttelte nur ihren Kopf.

Angelina und Max redeten nicht viel miteinander. Bierbauchs spurloses Verschwinden bereitete Angelina großen Kummer.

Die einzige Spur, die es gab, hatte sie bei sich. Unbemerkt

hatte sie das Aufnahmegerät auf dem Polizeirevier vom Tisch genommen und zurück in ihre Leinenweste gesteckt.

Sie wartete, bis der Tee fertig gezogen hatte, nahm das Teesieb heraus und begann in kleinen Schlucken zu trinken.

Als die Bedienung außer Hörweite war, zog sie das Aufnahmegerät heraus und spielte Bierbauchs Aufnahme ab, so dass Max mithören konnte. Vielleicht war ihr ja irgendetwas Entscheidendes entgangen? Vielleicht irgendein Geräusch im Hintergrund?

Sie spielte die Aufnahme noch ein zweites und ein drittes Mal ab.

Max fiel dazu nur ein, dass er es besonders gemein fand, einen Polizeibeamten als Bullenschwein zu bezeichnen und ihm zu sagen, er gehöre hinter Gitter.

»Was für ein saudummes Geschwätz«, schimpfte Max, »wir Beamten schuften …«

Da unterbrach ihn Angelina. Er hatte sie tatsächlich auf eine Idee gebracht.

Sie spielte nochmals die Stelle vor, an der einer der Entführer sagte: »Ein widerlicher Schnüffler wie du gehört selbst hinter Gitter, du Bullenschwein!«

Der Mann sagte ganz klar, Bierbauch gehöre hinter Gitter. Angelina kam jetzt dank Max der Geistesblitz und womöglich damit auch die Erkenntnis schlechthin. Hatte sie nicht in ihrer Vision auf dem Riederinfelsen ein Verlies mit kahlen Wänden gesehen? Ein Verlies hatte Gitter!

Vielleicht war das, was alle bislang als Phrase abgetan hatten, wörtlich zu nehmen? Vielleicht hatte man Bierbauch wirklich hinter Gittern eingesperrt.

»Mein Gott, du bist ein Schatz!«, sie beugte sich zu Max hinüber und gab ihm einen dicken Schmatz. Max schmunzelte erfreut. Er wusste ja nicht, dass Angelina Bierbauch auch geküsst hatte.

Angelina war sich jetzt ganz sicher. Bierbauch musste sich in einem Verlies oder Kerker befinden. Sie wurde ganz hibbelig.

»Hexerl, bleib sitzen!«, sagte Max, »hoffentlich wirkt der Kamillentee bald.«

»Wir müssen ihn dort rausholen!«

»Komm, versuch ruhig zu bleiben! Du hast ja Recht!«

»Wir sollten überlegen, wo er sein könnte …!«, Angelina war nicht mehr zu bremsen, »wir müssen rauskriegen, wo es hier in der Gegend ein Verlies gibt, eine Burg, ein Schloss …!«

Ihre Gedanken überschlugen sich.

Sie rief die Bedienung und fragte nach Burgen oder Schlössern mit Verliesen oder Kerkern.

Die Bedienung empfahl ihr das Schloss Fürstenstein.

»Das Schloss steht auf einem fünfhundert Meter hohen Kristallgranit-Rücken. In einer alten Sage heißt es, dass es zwei Riesen waren, die in einem Wettstreit die Burgen ›Fürstenstein‹ und ›Englburg‹ erbaut haben.«

Sie begann, immer mehr Werbung dafür zu machen. Wahrscheinlich wurde sie oft von Urlaubern danach gefragt.

»Dort gibt es Führungen, Feste, Konzerte und Ausstellungen.«

Angelina schüttelte den Kopf.

»Nein, das kann es nicht sein. Gibt es denn hier in der Nähe nicht so etwas wie eine Burgruine, etwas abgelegen vielleicht?«

Die junge Frau grübelte. Angelina starrte sie erwartungsvoll an.

»In Regen gibt es die Burgruine Weißenstein mit dem ›Fressenden Haus‹!«

Angelina wollte sich schon freuen, aber als die Frau meinte, dort würden immer wieder Autorenlesungen stattfinden und sie glaube nicht, dass es dort ein Verlies gebe, hatte sie doch ihre Zweifel.

Der Bedienung entging Angelinas Enttäuschung nicht. Sie wollte ihren Gästen gerne helfen und schlug vor, den Koch zu holen, der sich besser in der Gegend auskannte.

Tatsächlich war der Koch bewandert darin, was Burgen und Schlösser um Bodenmais und Umgebung betraf.

Er zählte Angelina und Max ein paar weitere Burgen auf, die aber alle bewohnt waren. Die anderen Bauten, von denen er wusste, waren zu weit entfernt und kamen somit auch nicht infrage.

»Irgendwo hier in der Nähe muss es doch ein Verlies geben!«, jammerte Angelina und warf Max einen verzweifelten Blick zu.

»Sie suchen nach einem Verlies hier in der Gegend, nicht unbedingt nach einer Burg oder einem Schloss?«, fragte der Koch nach. Angelina nickte.

»Da gibt es noch direkt hier in Bodenmais das Bergamtshaus. Das ist zwar kein Schloss und keine Burg, aber es hat ein Verlies und da wohnt zurzeit auch niemand!«

»Da müssen wir hin!«, Angelina hätte den Koch umarmen können.

Während Angelina und Max eilig das Restaurant verließen, hatte Karin Bergmann Todesangst vor ihrem Freund.

Richard hatte sie nach dem wenig vergnüglichen Ausflug nach Hause gefahren.

Es war gegen 14:00 Uhr. Die Haustür der Bergmannvilla fiel zu.

Richard begab sich gefrustet in den geräumigen Salon. Er machte sich auf der Chesterfield Couch breit und schaltete mit der Fernbedienung hastig die zahlreichen Kanäle auf dem Großbildfernseher durch.

»Ich geh' nur noch schnell aufs Klo und leg' mich dann hin!«, rief Karin ihm aus dem Flur zu. Statt auf die Toilette zu gehen, öffnete sie die Tür zu dem Zimmer mit der Waffensammlung. Hastig schnappte sie sich eine kleine, handliche Pistole, überprüfte kurz, dass sie auch geladen war, steckte sie unter ihren Pullover und eilte damit so schnell sie konnte in ihr Schlafzimmer.

Mit zittrigen Händen schloss sie sich ein und legte die Waffe unter ihr Kopfkissen.

23. Kapitel

Max konnte Angelina überzeugen, dass es besser war, die Polizei zu informieren und nicht gleich auf eigene Faust loszuziehen. Sie war zwar skeptisch, ob man ihr glauben würde, aber tatsächlich nahmen die Beamten sie ernst.

Sie fuhren unverzüglich mit gleich zwei Einsatzwägen zum Bergamtshaus. Ein Schlüsseldienst öffnete das Schloss des jahrhundertealten Hauses. Im Keller stieß das Einsatzkommando auf das Verlies und Angelinas Vision bewahrheitete sich. Hinter Gittern lag der schlafende Bierbauch. Angelina umarmte ihn stürmisch. Er war zwar ansprechbar, hatte aber Schwierigkeiten, sich zurechtzufinden. Offenbar hatte man ihm irgendeine Droge gespritzt.

Die Bande, die ihn entführt hatte, war anscheinend ausgeflogen, hatte aber wohl vor, wiederzukommen. Über den Boden verstreut lagen Essensreste, Konserven und Schlafsäcke.

Bierbauch hatte sich schnell wieder gefangen und erzählte den Polizeibeamten von zwei Männern, die vermummt gewesen seien. Einer sei an die zwei Meter groß und der andere etwa ein Meter achtzig gewesen. Der Größere habe ihm die Spritze verpasst.

Bierbauch konnte sich auch erinnern, dass einmal der Name Hans fiel und einmal Harald. Er vermutete, dass Hans der Kleine und Harald der Große war. Ein Frauenname sei auch genannt worden, sie habe wohl das Essen gemacht, aber ihr Name wollte Bierbauch nicht mehr einfallen. Die Droge hatte ihre Wirkung noch nicht ganz verloren. Der Kommissar hielt sich den schmerzenden Kopf.

Die Polizisten gaben sofort die beiden Männer nach Bierbauchs Beschreibung zur Fahndung aus. Es war davon auszugehen, dass die Täter auch für den Tod von Nina Bergmann verantwortlich waren.

Bierbauch sollte ins Krankenhaus gebracht werden, doch er weigerte sich. Sein Zorn auf die Entführer war größer als seine Schmerzen. Er wollte sie zur Strecke bringen – zusammen mit Angelina.

Max erklärte sich einverstanden, ihn mit seinem Jeep zurück zum Friedhof zu seinem Toyota zu fahren.

Die Polizei ging davon aus, dass die Kidnapper noch nichts von Bierbauchs Befreiung wussten und blieb mit einem Einsatzkommando vor Ort, für den Fall, dass sie zurückkommen würden.

24. Kapitel

In der Bergmannvilla überschlugen sich unterdessen die Ereignisse.

Hans und Harald wussten bereits Bescheid über Bierbauchs Befreiung. Als sie zum Bergamtshaus hatten zurückkehren wollen, hatten sie schon aus der Ferne das Polizeiaufgebot gesehen. Sofort waren sie umgekehrt und zur Bergmannvilla gefahren, um Richard davon zu unterrichten.

Sie schrien vor Aufregung so laut durcheinander, dass Karin in ihrem Schlafzimmer alles mitanhören konnte.

»Ihr unfähigen Idioten, alles muss ich selbst machen!«, Richard war außer sich vor Wut, »aber euren Anteil haben wollen! Ich hätte es allein durchziehen sollen!«

Harald wollte ihm zur Beruhigung die Hand auf die Schulter legen, aber Richard stieß ihn weg.

»Ihr Vollpfosten!«, wetterte er weiter, »dann setz' ich dem Ganzen eben selber ein Ende!«

Als Karin das hörte, schluckte sie heftig und umklammerte ihre Pistole.

Ein paar Sekunden später pochte Richard auch schon an ihre Schlafzimmertür.

Als er bemerkte, dass Karin abgeschlossen hatte, brüllte er vor Wut.

Karins Hände waren schweißnass vor Angst und sie zitterte wie Espenlaub. Die Pistole glitt ihr förmlich aus den Händen.

Panisch griff sie nach ihrem I-Phone und es gelang ihr, das

Telefonbuch aufzurufen. Zum Glück hatte sie die Notrufnummer eingespeichert. Mit ihren flattrigen Fingern hätte sie Schwierigkeiten gehabt, die Nummer korrekt einzutippen.

Eigentlich hätte sie den Kontakt nur antippen müssen, aber ihr Zeigefinger war zu feucht. Das Display akzeptierte ihre Eingabe nicht.

Da trat Richard mit den Füßen gegen die Schlafzimmertür und mit einem lauten Knarzen fiel sie aus den Angeln. Richard stand mit Hans und Harald im Gefolge im Zimmer.

»Du elendes altes Miststück!«, er verpasste ihr eine so schallende Ohrfeige, dass sie fast aus dem Bett flog und riss ihr das Telefon aus der Hand.

»Ich hab' die Schnauze endgültig voll von dir!«, wütete er weiter und zerquetschte Karins Handy unter seinen Cowboystiefeln.

Es war 14:47 Uhr.

Karin hielt sich die Wange und stöhnte vor Schmerz. Sie wagte kaum, Richard anzusehen. Sein Gesicht war eine einzige furchteinflößende Fratze.

»Wir fahren jetzt! Harald, du holst Sabine ab!«, befahl er mit drohender Stimme und warf Karin einen vernichtenden Blick zu, »und für die hier finden wir schon einen letzten Ruheplatz!«

Karin zuckte zusammen. Was würde er mit ihr anstellen? Sie versuchte sich mit Händen und Füßen zu wehren, als er nach ihrem Arm griff. Endlich gelang es ihr, unter das Kopfkissen zu fassen. Die Pistole lag nur ein paar Zentimeter zu weit.

Richard lachte auf.

»Jungs, bin ich froh, wenn ich die los bin!«

Verzweifelt streckte Karin sich noch ein Stück. Endlich umklammerten ihre Finger die Pistole. Mit letzter Kraft zog sie die Waffe hervor – da löste sich ein Schuss.

25. Kapitel

Die Fahrt zum Friedhof über war Angelina ganz still. Sie musste an Karin denken. Hatten ihre Gedanken sie erreicht? Hatte Richard versucht, sie zu töten? Sie hatte kein gutes Gefühl.

Als sie beim Friedhof ankamen, sagte sie zu ihren Männern.

»Wir müssen zur Bergmannvilla zurück und nach Karin sehen!«

Bierbauch nickte.

»Das wollte ich auch gerade vorschlagen.«

Galant hielt er für Angelina die Beifahrertür seines Toyotas auf.

»Darf ich bitten? Sie fahren doch mit mir?«

Max glaubte, im falschen Film gelandet zu sein. Seine Angelina kletterte aus dem Jeep und saß auch schon in Bierbauchs Auto.

»Moment mal!«, protestierte er schwach, »sind Sie überhaupt schon wieder fahrtüchtig?«

Weder Angelina noch der Kommissar reagierten darauf und so blieb dem Förster nichts anderes übrig als hinter dem Toyota her zur Bergmannvilla zu fahren.

Als die drei ankamen, stand die Eingangstür der Villa offen.

Die Villa schien überstürzt verlassen worden zu sein. Eine Blutspur führte vom Salon ins Schlafzimmer. Auf dem Boden lag Karins in Einzelteile zertretenes I-Phone.

Ratlos setzten Bierbauch und Angelina sich aufs Bett. Max lehnte mit seinem Gewehr gegen den Türstock. Die eingetretene Tür hing nur mehr halb in den Scharnieren und knarrte gelegentlich wehmütig. Mit unverhohlener Eifersucht beobachtete der Förster seinen Nebenbuhler, den suspendierten Kommissar. Aber er sah ein, dass es im Augenblick Wichtigeres gab, als über persönliche Liebesangelegenheiten Vermutungen anzustellen.

So hingen alle drei ihren Gedanken nach und grübelten vor sich hin. Keiner von ihnen wagte die Befürchtung auszusprechen, dass sie zu spät gekommen waren und auch die zweite Bergmannschwester nicht mehr am Leben war. Sie nahmen an, dass das viele im Haus verstreute Blut von ihr stammte. Es gab keine Spur, wohin der oder die Täter mit Karin verschwunden waren.

Es herrschte bedrücktes Schweigen, bis Bierbauch plötzlich wieder der Name der Frau einfiel, die die beiden Entführer erwähnt hatten.

»Sabine hieß die Frau«, platzte er heraus, »eine ganz geile Barfrau, haben sie sie genannt!«

»Eine ganz geile Barfrau!«, wiederholte Angelina mit Zynismus in ihrer Stimme, »dann müssen wir sie finden. Sie kann uns zu den Männern führen.«

Die drei zögerten nicht lang und machten sich auf, um die Bars in der Stadt abzuklappern.

Gerade als sie die Bergmannvilla verlassen hatten, klingelte Bierbauchs Smartphone.

»Hallo, hallo«, hörte Bierbauch eine nervöse Frauenstimme. »Ich sollte mich bei Ihnen melden, wenn etwas sein sollte …«

Bevor Bierbauch antworten konnte, waren ein Schuss und ein krachendes Geräusch zu vernehmen.

»Bitte kommen Sie schnell! Sie sind hier!«, flehte die Frau. Dann war nichts mehr zu hören. Die Stimme der Frau war verstummt. Es war 15:32 Uhr.

Bierbauch versuchte die Nummer zurückzurufen, doch die Leitung war tot.

Um 15:20 Uhr klingelte es bei Evelyn Meier an der Tür. Sie musste erst ihren Gehstock suchen, um zur Tür zu kommen, da klingelte die Glocke erneut.

»Ja, gleich! Ich komme schon! Wer hat's denn nur so eilig!«

Schwerfällig schlurfte sie zur Tür, während die Klingel immer noch wild gedrückt wurde.

»Ihr macht mir ja noch die Klingel kaputt!«, jammerte sie, »wer zahlt mir die? Ich hab' kein Geld übrig …«

Vor der Tür stand ihr Enkel Hans mit Richard und Harald. Frau Meier waren die beiden Begleiter ihres Enkels nicht fremd. Sie hasste Richard und Harald, weil ihr Hansi unter ihrem schlechten Einfluss stand.

Erschrocken starrte sie Hans jetzt an. Sein Hemd war am Bauch blutverschmiert. Seine Freunde stützten ihn.

Frau Meier rannen die Tränen herab.

»Was habt ihr nur mit ihm gemacht? Mein Gott, mein Hansi blutet ja!«

Richard ignorierte die alte Frau, während Harald sich vor ihr aufbaute, damit sie nichts mehr sehen konnte. »Hast du einen Erste-Hilfe-Kasten?«, brüllte er ihr ins Ohr, als wäre sie hörgeschädigt.

Sie nickte. Schniefend verschwand sie in einem der Zimmer und zog die Tür hinter sich zu. Man konnte hören, wie sie den Schlüssel umdrehte.

»Scheiße, Richard, die Alte hat sich eingesperrt«, klagte Harald, während Richard Hans wie einen Sack auf die alte, aufgerissene Stoffcouch im Wohnzimmer fallen ließ.

Hans schrie vor Schmerzen. »Fuck!«, fluchte er und versuchte vergeblich, die Tränen zurückzuhalten.

»Das elende Miststück hat mich ganz schön erwischt!«, mit dem Handrücken wischte er sich den Schweiß von der Stirn.

Richard starrte auf die blutende Wunde. »Was können wir denn jetzt machen? Harald, du bist der Mediziner!«

»Ich bin aber kein Arzt! Ich bin nur Verkäufer in der Apotheke«, wehrte Harald ab, wollte dann aber doch losfahren, um irgendetwas zu holen.

Hans wimmerte weiter vor sich hin.

Auf dem Weg nach draußen machte Harald kehrt:

»Und was machen wir mit der im Wagen?«

Richard zuckte genervt die Schultern, folgte aber Harald nach draußen.

Sie öffneten den Kofferraum des Mercedes und Harald hob die mit Klebeband geknebelte und an Händen und Füßen gefesselte Karin heraus. Gemeinsam trugen die beiden Männer die zappelnde Frau ins Haus und legten sie neben der Couch auf den Boden.

Dann machte Harald sich eilends mit dem Mercedes auf zur Apotheke.

Hans krümmte sich weiter vor Schmerzen.

»Kill sie, Richard!«, keuchte er, »sie ist schuld, wenn ich sterbe!« Winselnd hielt er sich den blutenden Bauch. »Ich will nicht sterben!«

Das Blut quoll durch seine Finger und er begann hemmungslos zu heulen.

Karin starrte Richard mit großen Augen an. Wie eine gestrandete Meerjungfrau wand sie sich mit ihren mit Klebeband verschnürten Beinen hin und her.

Richard warf ihr einen vernichtenden Blick zu: »Dich brauch' ich jetzt doch noch!«

Dann sah er sich im Zimmer um und fand auf der alten Eichenvitrine eine Flasche Eierlikör. Er öffnete sie, nahm ein Glas aus der Vitrine, schenkte es voll und reichte es Hans.

»Trink! Das wird schon wieder, Kleiner!«, tröstete er seinen Freund. »Omilein wird dich nicht schimpfen, dass du ihre Couch versaut hast!«

Plötzlich hielt er inne. »Überhaupt, was treibt die Alte da drin?«, dachte er laut.

Er zog Karins Pistole aus seiner Jackentasche und ging mit schnellen Schritten zu dem Zimmer, in dem die alte Meierin sich versteckt hielt. Ohne lange zu fackeln, zielte er und schoss das Schloss auf. Als er die Tür aufstieß, hatte die alte Frau das Telefon in der Hand.

Richard konnte gerade noch hören, wie sie »Bitte kommen Sie schnell! Sie sind hier …«, in den Hörer rief. Als sie Richard sah, legte sie schnell auf. Mit angsterfüllten Augen starrte sie ihn an. Richard schlug ihr das Telefon aus der Hand. Es fiel zu Boden und zerbrach.

Es war 15:32 Uhr.

Richard packte die wehrlose Frau.

»Mit wem hast du gerade telefoniert?«, herrschte er sie an.

»Mit niemandem!«, erwiderte die Alte weinerlich.

»Du lügst, Omilein! Hast du die Polizei angerufen?«

Frau Meier schwieg. Fest presste sie die Lippen aufeinander, als wollte sie diese für die Ewigkeit versiegeln.

Er drückte ihren Arm so fest, dass sie vor Schmerz das Gesicht verzog. Eisern schwieg sie aber weiter.

»Mit wem?«, brüllte er nochmal.

In Frau Meiers Blick lag neben dem Schmerz tiefe Verachtung.

»Ich bin nur eine alte Frau«, stieß sie hervor, »Sie sind ein Teufel und kriegen noch Ihre verdiente Strafe!«

Richard betätigte nochmals den Auslöser der Pistole. Frau Meier fiel tot zu Boden.

»Verdammt! Jetzt komm' ich wohl in die Hölle«, murmelte Richard lakonisch und fuhr sich durch sein penibel geföhntes Haar.

Frau Meiers Wohnzimmer, das sie vor langer Zeit mit viel Liebe ausgestattet hatte, glich einem bizarren Lazarett. Die alte

Couch war rot gefärbt von Hans' Blut. Es stand nicht mehr gut um ihn. Er hatte halb das Bewusstsein verloren.

Richard versuchte panisch, ihn wachzuhalten, doch Hans hatte zu viel Blut verloren und stammelte nur noch verwirrt ein paar unverständliche Worte.

Schließlich ließ Richard von ihm ab. »Ich brauch' was zu schreiben«, brüllte er, obwohl niemand da war, der ihm hätte helfen können.

Hastig durchwühlte er Frau Meiers alte Schreibtischkommode und fand dann einen Kugelschreiber und ein Blatt Papier. Damit ging er mit gezückter Pistole zu Karin.

Er löste die Fessel an ihren Händen und drückte ihr mit vorgehaltener Waffe die Schreibsachen in die Hand.

»Du stellst mir jetzt für die Bank eine Vollmacht aus! Zwölf Millionen überweist du mir auf die Cayman Islands. Fünftausend Euro brauch' ich in bar.«

Er hielt Karin die Waffe direkt an die Schläfe, um seiner Forderung Nachdruck zu verleihen.

Sie tat alles, was er verlangte.

Hans stöhnte noch einmal laut auf, sein Körper zuckte und blieb dann wie erstarrt liegen. Richard starrte auf seinen reglosen Freund, während er Karins Hände wieder fesselte. Dann griff er zu seinem Handy und rief Harald an.

»Hans ist tot«, erklärte er nüchtern. »Besorg einen Kanister Benzin! Beeil dich!«

Ohne eine Antwort abzuwarten, wählte er schon die nächste Nummer, erreichte aber nur die Mailbox.

»Warum gehst du nicht ran, Kleine«, fluchte er und schrie seine Nachricht nach dem Piepton geradezu ins Telefon.

»Ich bin gerade bei Hans zu Hause, komm sofort Baby! Wir machen einen Abflug!«

Kurze Zeit später kam Harald zurück. Als er mit seinem Öl-kanister das Wohnzimmer betrat, stöhnte die geknebelte Karin, um auf sich aufmerksam zu machen. Haralds Aufmerksamkeit galt aber etwas ganz anderem. Hans atmete noch. Sein Brustkorb hob und senkte sich.

Harald stellte den Kanister ab und brüllte Richard an, warum er ihn belogen habe, Hans sei doch noch am Leben. Dann drehte er sich kurz um, doch das war ein Fehler. Richard schlug Harald mit der Pistole ins Genick und der große Mann klappte zusammen. Karin schrie mit dem Klebeband vorm Mund verzweifelt auf.

»Sei leise!«, keifte Richard sie an, »sonst hau' ich dir auch noch eine rein!«

Karins Lage schien aussichtslos.

Richard schnappte sich das Päckchen Zündhölzer, das auf dem Ölofen lag, steckte es in seine Hosentasche und begann, das Benzin aus dem Kanister im ganzen Wohnzimmer zu verteilen. Hastig und großzügig schüttete er es über den Boden, während Karin hilflos zusehen musste.

Noch einmal trafen sich ihre Blicke.

»Ciao, mein Schatz«, verabschiedete er sich, »jetzt kannst du mir keine Spielschulden mehr vorwerfen!«

Den Rest aus dem Kanister schüttete er in das Zimmer, in dem Frau Meier leblos auf dem Boden lag. Das Zündholz in seiner Hand flammte auf. Kaltherzig wie ein Feuerteufel warf er es auf den Wohnzimmerboden und machte, dass er aus dem Haus kam. Die Bodendielen fingen augenblicklich Feuer.

Draußen holte Richard sein Telefon heraus und diesmal erreichte er Sabine.

»Endlich erwisch' ich dich. Ich komm' und hol' dich ab!«

Auf Sabines Fragen ging er nicht ein. »Erklär' ich dir nachher«, kanzelte er sie ab und lief zu seinem Mercedes, ohne auch nur einen Blick zurückzuwerfen.

Drinnen im Haus fraß sich das Feuer weiter und dicker Qualm breitete sich aus. Die Vorhänge fielen lodernd zu Boden und der Brandherd griff auf die Möbel über.

In der Hoffnung, den Flur zu erreichen, robbte Karin über den Wohnzimmerboden. Hans hatte längst das Bewusstsein verloren und Harald hatte es noch nicht wieder erlangt. Es schien, als würde jede Hilfe zu spät kommen. Die Flammen hatten die Herrschaft über das kleine Haus übernommen.

26. Kapitel

Der Kommissar hatte noch gut in Erinnerung, wo das Haus der alten Meierin stand. Weder er noch Angelina konnten ahnen, welche Tragödie sich dort inzwischen abspielte.

Bierbauch parkte um die Ecke von Frau Meiers Haus am Straßenrand. Max stellte seinen Jeep unmittelbar hinter ihm ab und nahm sicherheitshalber wieder seine Flinte mit. Auch Bierbauch hatte unter seinem Sitz noch eine Pistole mit Klebeband fixiert, die er nun zur Überraschung Angelinas hervorholte.

»Man weiß ja nie!«, grinste er breit. Angelina stimmte ihm mit einem Nicken zu. Dann sprang sie aus dem Auto und lief mit den Männern, die wie ein Sondereinsatzkommando ihrer Einsatzleiterin folgten, zum Haus. Jetzt zahlte es sich aus, dass die Hexe ihre beiden Bekannten zum Abnehmen motiviert hatte.

Schon von weitem stachen ihr die Reste der in Flammen stehenden Vorhänge ins Auge.

»Da drin brennt es!«

So schnell sie konnte spurtete sie weiter.

Vor der Tür feuerten die beiden Männer mit ihren Waffen auf das Türschloss.

Nach einem halben Dutzend Kugeln sprang die Tür auf. Dicker, beißender Rauch kam ihnen entgegen. Angelina presste sich ihren selbstgestrickten Schal vor den Mund und machte mutig ein paar Schritte hinein. Der Rauch trieb ihr die Tränen in die Augen und sie hatte Mühe, sie offenzuhalten, konnte aber den Umriss eines menschlichen Körpers am Boden erkennen.

»Da liegt jemand! Schnell, helft mir, wir müssen sie da rausholen!«, keuchte sie.

Karin hatte es, gefesselt an Händen und Füßen, geschafft, bis in den Flur zu robben. Dann hatten ihre Kräfte sie verlassen.

Max war sofort zur Stelle, zog die Bergmann zu sich und trug sie gemeinsam mit Bierbauch ins Freie.

Während Angelina ihr das Klebeband vom Mund riss und Bierbauch sie von ihren Fesseln befreite, verständigte Max die Feuerwehr und die Polizei.

Karin rang nach Luft.

»Hans und Harald sind noch drin!«, waren ihre ersten Worte.

Ihre rettenden Engel blickten voller Entsetzen auf das brennende Haus. Noch einmal dort hineinzugehen wäre tödlicher Irrsinn. Aber Angelina fürchtete weder Tod noch Teufel. Sie überlegte nicht lange, nicht ihr Verstand sondern ihr Herz entschied in diesem Augenblick, und sie lief zurück. Bierbauch stockte fast der Atem, als er Angelina mitten in das Feuer rennen sah. Dann rannte er ihr hinterher.

Angelina wollte es zumindest versuchen. Vielleicht konnte sie wenigstens noch eines der zwei Menschenleben retten.

Im Flur konnte man kaum mehr die eigene Hand vor Augen sehen. Das Wohnzimmer war ein einziges Flammenmeer.

Bierbauch bekam Angelina am Arm zu fassen. »Raus, nichts wie raus hier!«, schrie er und fluchte innerlich, wie Angelina nur so unvernünftig sein konnte. Wollte sie wirklich wie eine Hexe im Mittelalter verbrannt werden?

Angelina sah es schließlich ein. Es schmerzte sie, sich eingestehen zu müssen, dass ihr Versuch vergebens war. Sie konnte nichts mehr tun.

Jetzt galt es, nicht selbst den Flammen zum Opfer zu fallen.

Plötzlich löste sich ein brennender Holzbalken von der Decke und fiel nur einen Meter von Angelina entfernt auf die Treppe im Gang. Die Sprossen des Geländers zerbarsten und die Splitter flogen durch die Luft.

Angelina erschrak und klammerte sich an Bierbauch. Er zog sie mit sich zurück und endlich gelangten beide unbeschadet hinaus ins Freie. Sie rumpelten direkt in Max hinein, der durch das Telefonat zu spät mitbekommen hatte, dass Angelina und Bierbauch nochmal in das brennende Haus gelaufen waren.

Aus sicherer Entfernung blickten sie auf das Inferno.

»Wahrscheinlich sind sie nicht durch das Feuer, sondern durch den Rauch getötet worden«, mutmaßte Bierbauch.

Angelina kniete sich zu Karin hinunter und ergriff ihre Hand.

»Jetzt erleichtere endlich dein Herz und erzahl mir alles!«

»Richard hat das getan«, Karin zeigte auf das brennende Haus, »und er ist für Ninas Tod verantwortlich. – Nina ist bei dem Klassentreffen auf der Toilette an der Turnhalle zusammengebrochen. Ich wusste nicht, was ich tun sollte und da hab' ich Richard angerufen …«

Sie musste husten und rang nach Luft. Da zog Angelina ihren Asthmaspray aus der Westentasche, den sie als Allergikerin immer bei sich trug, und gab Karin gleich drei Hübe.

Bierbauch starrte auf den Spray und schüttelte den Kopf. Angelina war damit mitten in das Feuer hineingelaufen. Ein Funke hätte genügt, um das Aerosol darin zum Explodieren zu bringen. Am liebsten hätte er Angelina angeschrien, wie sie nur so unverantwortlich hatte handeln können, aber sie schob ihn einfach beiseite und Karin erzählte weiter.

»Richard ist sofort gekommen und hat gesagt, dass er sich um alles kümmert. Mich hat er rausgeschickt und gesagt, ich soll inzwischen so tun, als sei ich Nina.« Karin schluchzte laut auf. »Ich wusste nicht, was er vorhatte! Er muss sie dann zur Brüstung geschleppt und runtergestoßen haben. Mir hat er danach gesagt, dass sie wach geworden ist, als er sie wegbringen wollte und sich selber hinuntergestürzt hat. Den Abschiedsbrief hatte er aber vorher schon geschrieben. Ich wusste nicht, was er vorhatte! Bitte glaube mir!«, flehte sie erschöpft.

»Und wo ist Richard jetzt?«, fragte Angelina.

»Ich hab' ihm eine Vollmacht gegeben. Wahrscheinlich ist er schon bei der Sparkasse!«, flüsterte Karin nur noch. »Er will Geld abheben und in die Karibik …« Dann wurde sie ohnmächtig.

Angelina fackelte wieder nicht lange. Sie mussten Richard schnappen, bevor er ins Ausland abtauchte. Sie bat Max, sich um Karin zu kümmern, während sie mit Bierbauch zur Sparkasse fuhr.

Es war 15:59 Uhr. Die Bank würde bald schließen.

Bierbauch trat ordentlich aufs Gas. Er sauste durch den Ort, als hätte er die Erlaubnis dazu oder ein Blaulicht auf dem Dach. Der Mordshexe konnte es nicht schnell genug gehen. Als Bierbauch kurz wegen eines anderen Wagens die Geschwindigkeit verringerte, trieb sie ihn an:

»Drauf bleiben auf dem Gas! Wer bremst, verliert!«

Da musste Bierbauch lauthals loslachen.

»Nicht Autofahren können, aber Befehle geben!«, bemerkte er zynisch und drückte wieder aufs Gas, denn immerhin handelte es sich um einen Notfall. Sie mussten einen Mörder fassen!

Vor der Sparkasse stoppte Bierbauch den Wagen und sie hielten Ausschau nach Richards Mercedes. Sie fanden ihn zwischen mehreren parkenden Autos.

»Da sitzt doch eine drinnen!«, bemerkte Angelina.

Bierbauch nickte.

»Das wird seine Schlampe sein!«

»Was sollen wir jetzt tun?«, fragte Angelina.

»Ja, reingehen und den Sauhund verhaften«, knurrte Bierbauch und vergaß dabei, dass er nicht mehr im Dienst war.

»Wir können ihn doch nicht so einfach festnehmen«, wehrte Angelina ab, »lassen Sie uns mal mit seiner Freundin unterhalten, die da im Auto sitzt.«

Und schon kletterte Angelina aus dem Toyota und marschierte gefolgt von Bierbauch auf den Mercedes zu. Mit einem freundlichen Grinsen klopfte sie an das Autofenster und bedeutete der jungen Frau, das Fenster herunterzulassen.

Sabine versuchte die beiden zu ignorieren, setzte lässig ihre dunkle Sonnenbrille auf und mimte die unnahbare Lady. Damit kam sie aber nicht durch.

Bierbauch zog seine Pistole und richtete sie unmissverständlich auf das Fensterglas. Prompt ließ die junge Frau nun doch das Fenster hinunter und öffnete auch fast freiwillig die Autotür.

»Was wollen Sie von mir?«, stotterte sie.

»Von dir nichts. Nur von deinem Freund. Der hat zu viele Seelen auf dem Gewissen …«, gab Angelina ungeduldig zurück.

»Die hat ja auch rote Haare«, registrierte Bierbauch, und dann hatte er eine Idee: »Sie zwei sind sich doch zum Verwechseln ähnlich ...«

Angelina wusste sofort, worauf Bierbauch hinauswollte. Sie sollte Richard eine Falle stellen, indem sie sich die Sonnenbrille aufsetzte und in die Rolle seiner Freundin schlüpfte.

Aber auch Angelina hatte einen Plan.

»Nein, meine Idee ist besser«, widersprach sie.

Richards Freundin blickte angstvoll von einem zum anderen. Sie saß in der Falle. Diese beiden unangenehmen Zeitgenossen hatten es auf ihren Richard abgesehen! Sie wollte alles tun, um ihn zu schützen! Gleichzeitig hatte Bierbauch sie aber auch extrem eingeschüchtert.

Bierbauch verzog das Gesicht. Er war sich über den Erfolg seines Plans sehr sicher. Aber Angelinas Miene sah er an, dass sie schwere Bedenken hatte.

»Es würde ihm sofort auffallen. Allein schon wegen der Stimme …«

Angelina hatte Recht. Bierbauch musste klein beigeben und also machten sie sich daran, den Plan der Mordshexe umzusetzen.

27. Kapitel

Richard war immer noch in der Bank. Seine Freundin Sabine machte keine Probleme. Insgeheim hatte auch sie sich einen Plan zurechtgelegt.

Angelina befahl ihr, auf ihrem Platz sitzenzubleiben, während sie sich mit dem Aufnahmegerät auf dem Rücksitz unter einer Decke versteckte. Sie wollte einen Mitschnitt des Mörders, der seine Schuld beweisen würde. Bierbauch hatte ihr gezeigt, wie sie mit dem Gerät aufzeichnen konnte. Er parkte seinen Wagen hinter einen Kombi auf dem Parkplatz vor der Bank, wo Richard nicht hinsehen würde. Dann hieß es warten.

Es war bereits gegen 16:30 Uhr. Die Bank würde jetzt schließen. Weitere Minuten vergingen.

Die Rottaler Hexe und die Barfrau wechselten kein Wort miteinander. Sabine ließ Bierbauchs Wagen nicht aus den Augen. Sie konnte sehen, dass er sie beobachtete. An Flucht war nicht zu denken.

Nach einer weiteren Viertelstunde, die sich für die Wartenden wie eine Ewigkeit anfühlte, kam Richard endlich mit einem schwarzen Aktenkoffer in der Hand aus der Sparkasse heraus und steuerte auf seinen Mercedes zu.

Sabine schluckte, als sie Richard erblickte. Angelina verhielt sich auf dem Rücksitz mucksmäuschenstill.

Als Richard nur noch wenige Meter entfernt war, stieß Sabine blitzschnell die Wagentür auf und brüllte los: »Das ist eine Falle! Lauf, Richard!«

Wie ein Springmesser schnellte Angelina unter der Decke hervor und bekam die junge Frau zu fassen. Sie versuchte, ihr den Mund zuzuhalten, doch es war schon zu spät. Die Warnung hatte ihre Adresse erreicht. In Panik lief Richard auf das nächstbeste Auto zu, aus dem gerade ein Mann aussteigen wollte. Blitzschnell riss er dem Fahrer des schicken Sportwagens den Schlüssel aus der Hand und schlug ihm seinen Koffer ins Gesicht, dass er auf der Stelle zusammensackte. Dann ließ er sich auf den Fahrersitz fallen und startete die Zündung.

Bierbauch sah Richard laufen und wusste sofort, dass etwas schief gegangen war. Er lenkte seinen Toyota zurück auf die Straße und sah, wie Richard mit dem Porsche Gas gab.

Bierbauch musste rasch handeln. Gegen den Porsche hatte er bei einer Verfolgung keine Chance. Ohne lange nachzudenken gab er Gas, steuerte auf den Porsche zu und schoss frontal in ihn hinein. Richard wurde mit voller Wucht hart gegen die gegenüberliegende Autotür geschleudert. Bierbauch lag kopfüber im Airbag.

Im Mercedes lieferten sich Angelina und Sabine ein wildes Handgemenge. Die roten Haare flogen nur so hin und her. Angelina bekam den linken Ellbogen von ihrer Gegnerin so heftig ins Gesicht geschlagen, dass sie nach hinten fiel und dort liegenblieb. Sabine nutzte die Gelegenheit und wechselte auf den Fahrersitz.

Hastig startete sie den Wagen und lenkte ihn zur Parkplatzausfahrt, doch plötzlich kam ihr von rechts ein Jeep entgegen und versperrte ihr den Weg. Es war der Jeep des Försters.

Aber die junge Frau wollte noch nicht aufgeben. Sie riss die

Fahrertür auf und wollte davonlaufen, doch eine Hand hielt sie an ihren roten Haaren fest.

»Hiergeblieben!« Angelina hielt Sabines Zopf mit der Hand fest umklammert und zog so daran, dass die junge Frau laut aufschrie und zurück auf ihren Sitz plumpste. Dann kam schon Max dazu und für Sabine war das Spiel aus.

Richard Christian wurde mit dem Krankenwagen ins Krankenhaus gebracht. Die Polizei begleitete ihn.

Das Krankenhaus war für ihn nur eine Zwischenstation. Als seine Gehirnerschütterung abgeklungen war, wurde er ins Gefängnis verlegt.

Karin war bereit, gegen ihren Exfreund auszusagen. Die Beweislast würde erdrückend sein.

Bierbauch musste wegen eines Schleudertraumas in die Klinik.

Angelina behielt ein blaues Auge vom Zweikampf zurück.

Am Abend waren Max und Angelina wieder in Bad Birnbach.

Sie wollte ihren Freund nicht mehr länger schmoren lassen und gab ihm noch in dieser Nacht die von ihm langerwartete Antwort auf seinen Heiratsantrag. Sie lehnte ab.

ENDE